Diogenes Taschenbuch 23252

Anne Fine

# *Familien-Spiel*

*Roman*

*Aus dem Englischen von*
*Barbara Heller*

Diogenes

Titel der 1995 bei
Hamish Hamilton, London,
erschienenen Originalausgabe:
›Step by Wicked Step‹

Die deutsche Erstausgabe erschien 1999
im Diogenes Verlag


Veröffentlicht als Diogenes Taschenbuch, 2000

www.diogenes.ch
100/00/43/1
ISBN 3 257 23252 7

Schon bevor sie das Spukhaus erreichten, war die Nacht in Aufruhr geraten. Blau und weiß zuckte der Schein der Blitze über das Gesicht der Fahrerin, und jeder Donnerschlag ließ die Landkarte in Mr. Plumleys Hand erzittern. Die fünf überzähligen Schüler der Stagfire-Schule spähten durch die regenbespritzten Scheiben des Kleinbusses besorgt in das Unwetter und die schwarze Nacht hinaus.

»Da!«

»Wo?«

»Da drüben! Seht ihr's? Oben an der überwucherten Auffahrt.«

Der Kleinbus schwenkte in die unheimliche Schwärze zwischen den Flügeln eines schmiedeeisernen Tores ein, und die drei Schüler auf der rechten Seite lasen vor, was auf dem abgeblätterten Schild stand.

»Old Harwick Hall.«

»Privatgrundstück.«

»Betteln und Hausieren verboten.«

Plötzlich ließ Colin sich vernehmen, der die ganze Fahrt über geschwiegen hatte.

»Scheinen ja nette Leute zu sein! Wollen nicht mal, daß man den Gartenweg raufkommt und ihnen eine Gratiszeitung bringt!«

»Schöner Gartenweg!«

Alle schauten hinaus und zuckten zurück, wenn die krummen Finger der Bäume über die Scheiben schrammten. Nach der schrecklichen Fahrt hätte einer von ihnen »Bin ich froh, daß wir da sind!« sagen können, aber keiner war sich da so sicher. Hätten sie das Glück gehabt, mit den anderen im großen Bus fahren zu dürfen, hätten sie sich in der Menge vielleicht stärker gefühlt und wären weniger von bösen Ahnungen geplagt worden. Aber so, nur zu fünft – die fünf, die Miss O'Dell nach einem kurzen Blick auf ihre Liste herausgepickt und mit Mr. Plumley in den Kleinbus gesteckt hatte, so wie man Essensreste im Kühlschrank verstaut – das war doch etwas anderes.

Ein gleißender Blitz erleuchtete einen zerklüfteten, efeuüberwucherten Turm.

»Ist es das?«

»Nein, das ist die alte Kapelle.«

Von der Kapellenruine hatten sie schon gehört. Sie war verbotenes Terrain, und wer beim Herumklettern auf den gefährlich steilen Flächen erwischt wurde, der wurde nach Hause geschickt, obwohl es eine normale Schulwoche war. Im Vorbeifahren sahen sie nur die dunkle Trümmersilhouette.

»Du liebes bißchen!« rief die Fahrerin plötzlich und trat auf die Bremse.

Alle schauten wieder nach vorn.

»Da ist es!«

»O Gott!«

Durch die Halbkreise, die die Scheibenwischer freigaben, erblickten sie ein altes Herrenhaus, das mit seinen spitzen Ecktürmen schwarz gegen die Gewitterwolken aufragte. Ab und zu ließ das Mondlicht die dunklen Fenster unheimlich aufleuchten.

»Ganz schön gruselig!«

»Vielleicht spukt's da wirklich...«

Noch jede Gruppe war mit Geschichten von seltsamen Schatten und Schritten, von unheimlichen, weißgewandeten Gestalten, die durch die Wände glitten, von hier zurückgekommen. Jedes Jahr schworen mindestens drei aus der Klasse Stein und Bein, sie hätten ein Gespenst gesehen. Doch keiner von den fünfen hatte im Ernst daran geglaubt – bis jetzt.

Die Fahrerin wandte sich um.

»Na«, fragte sie Mr. Plumley, »ob Sie die Kinder da raus kriegen?«

Ohne die Antwort abzuwarten, schritt sie selbst zur Tat und schob die Seitentür auf. Alles drängte hinaus. Sie nahmen ihr Gepäck aus der Heckklappe (»Sucht nicht erst lang nach eurer eigenen Tasche!« wies die Fahrerin sie an. »Nehmt einfach die nächstbeste!«) und stapften durch die Pfützen unter den Schutz des spitzen Vordaches. Hier waren sie vor dem peitschenden Regen sicher. Während sie ramponierte Rucksäcke und nagelneue Reisetaschen austauschten, fuhr der Bus in einem Wirbel nasser Kieselsteine davon und Mr. Plumley betrachtete unglücklich die riesige eisenbeschlagene Eichentür.

»Ziehen Sie die Glocke, Mr. Plumley«, forderte Claudia ihn auf.

»Welche Glocke?«

Genau. Eine Glocke war weit und breit nicht zu sehen.

»Dann klopfen Sie an.«

Robbo klopfte am heftigsten, doch da sie sein wildes Hämmern über dem Heulen des Sturmes selbst kaum vernahmen, war allen klar, daß drinnen niemand etwas hören würde.

»Vielleicht ist die Tür ja offen – probieren Sie mal!« schlug Pixie vor.

Gehorsam drehte Mr. Plumley den schweren Ring und stemmte sich gegen die Tür. Knarzend öffnete sie sich über einem schwarzweiß gefliesten Fußboden, der wie ein riesiges, vom hereingewehten Regen glasiertes Schachbrett aussah.

»Macht mal Licht.«

Keiner der Schalter bewirkte etwas. Ralph und Pixie probierten einen nach dem anderen aus, doch nirgends ging ein Licht an.

»Das kommt bestimmt vom Gewitter«, meinte Ralph.

Mr. Plumley war entsetzt.

»Das wird doch wohl nicht die ganze Nacht so bleiben! Wie sollen wir im Stockdunkeln ein Zimmer finden, in dem ihr alle schlafen könnt?«

In diesem Moment krachte ein Donner, und niemand mochte mehr erwähnen, daß sie längst ihre eigenen Pläne hatten und in verschiedenen Zimmern schlafen wollten.

»Am besten, wir gehen mal hier hoch – autsch!«

Der arme Mr. Plumley war geradewegs gegen einen riesigen, vom Boden bis zur Decke reichenden Spiegel marschiert, in dem sich die Treppe hinter ihnen in weitem Bogen aus dem Schatten schwang.

Er wandte sich in die andere Richtung.

»Da lang«, sagte er.

Die fünf trotteten hinter ihm her durch das weiträumige Treppenhaus. Der Schein der Blitze fiel durch die Buntglasfenster über ihnen und leuchtete ihnen nach oben und weiter vorwärts durch das riesige widerhallende Gebäude. Seltsame Pflanzen streckten die Arme aus ihren Töpfen und streiften sie im Vorübergehen, auf Mahagonikommoden klirrten aus ihrer Ruhe aufgeschreckte Nippessachen, und von den Wänden blickten grimmige Harwicks jeden Alters aus kalten ölgemalten Augen auf sie herab.

»Probieren wir's mal hier.«

Eine zweite, schmalere Treppe führte noch weiter aufwärts. Hier gab es keine Ahnenbilder und Teppiche mehr, und auf den nackten Holzstufen hörte man ihr Fußgetrappel.

»Aha, hier sind wir richtig.«

Mr. Plumley hatte eine Tür geöffnet und ein kleines Turmzimmer entdeckt, in dem an fünfen der sechs Wände ordentlich zur Mitte hin ausgerichtete Betten standen.

»Aber, Mr. Plumley –«

Pixie stieß Claudia heftig an, für den Fall, daß sie weiter wollte, zu einem anderen einsamen, dunklen Turm, nur um nicht gegen eine ganz besonders strenge Regel zu verstoßen: *Die Schlafräume dürfen jeweils nur von Jungen* oder *Mädchen benutzt werden.* In einer solchen Nacht aber und auch, weil Miss O'Dell mit den anderen noch nicht da war, zog Pixie die Sicherheit der Gruppe vor.

Mr. Plumley drehte sich um.

»Ja, Claudia?«

Claudias Herz setzte aus. Regenschwaden peitschten gegen die Fenster, und der Sturm heulte.

»Ach, nichts.«

Sie konnten schließlich nichts dafür, wenn er die Regeln nicht kannte.

»Ihr richtet euch hier ein, und ich geh runter und schau nach, ob was zum Abendessen da ist.«

Ein Donnerschlag ließ ihn an der Tür innehalten.

»Möchte jemand mitkommen?« fragte er hoffnungsvoll.

»Nein danke, Mr. Plumley«, erwiderten sie im Chor.

Tapfer machte er sich auf den Weg die schmale Treppe hinunter.

Pixie setzte sich auf ein Bett.

»Das ist ja furchtbar!« sagte sie. »Grauenhaft!«

Keiner wußte, ob sie das Bett meinte, das Haus, das Unwetter oder alles zusammen. Keiner fragte. Robbo klemmte seine Tasche zwischen Tür und Rahmen und machte sich zu einem kleinen Streifzug auf, noch ein paar Stufen weiter aufwärts und um eine Ecke. Seine Stimme tönte vergnügt durch das nächste Donnerrollen.

»Hier oben sind noch zwei Betten und ein Bad. Die Badewanne ist riesig, mit Tierpfoten als Füßen.«

»Ich muß mal«, rief Claudia. »Ist da auch ein –?«

»Ja!« Wieder zuckte ein Blitz. »Mit einer goldenen Kette und einem Porzellangriff, auf dem ZIEHEN steht.«

Im Nu war Claudia aus dem Zimmer. Pixie eilte ihr nach, und auch Colin ging nach oben. Ralph sorgte unterdessen dafür, daß Robbos Reisetasche die Tür offenhielt, bis alle wohlbehalten zurück waren.

Dann saßen sie wie um ein erloschenes Lagerfeuer in

einem engen Kreis im Dunklen auf den Betten und ließen ihre Beine über die Fußenden baumeln.

»Sollen wir auspacken?« schlug Robbo vor. »Wir drei können ja hierbleiben, und Claudia und Pixie nehmen die Betten oben.«

»Wozu?« fragte Ralph. »Wir wollen doch zu unseren Freunden ins Zimmer. Wenn sie kommen, müssen wir alles wieder einpacken.«

»*Wenn* sie kommen...«

»Wie spät ist es?«

Ralph hielt seine Armbanduhr ans Fenster und wartete auf den nächsten Blitz.

»Viertel vor zehn.«

»Um halb elf Licht aus«, erinnerte Claudia an die Regeln.

»Schon gut«, sagte Pixie düster. »Wahrscheinlich gibt's bis dahin sowieso kein Licht.« Sie schlang die Arme um sich, als ein weiterer greller Blitz den Himmel zerriß und das Turmzimmer in gleißendes Silber tauchte.

Danach wirkten sie im Dunkeln noch bleicher als zuvor. Colin aber zeigte auf eine Stelle an der Wand, genau hinter Claudias Kopf.

»Seht mal!«

Alle drehten sich um.

»Was denn?«

»Ich seh nichts.«

»Was ist los?«

»Seht doch mal!« wiederholte Colin. »Da, an der Wand! Da ist eine Tür. In der Wand ist eine Geheimtür!«

»Wo?«

»Da ist nichts, Colin.«

»Doch, da ist was. Ich hab's genau gesehen.«

Er krabbelte über Claudias Bett hinweg. Im Dunklen sahen sie gerade noch die Schatten seiner Hände an der alten Tapete auf und ab tasten.

»Ich seh nichts.«

»Wartet«, sagte Colin. »Gleich seht ihr's.«

Keiner sprach. Noch immer heulte der Wind um den Turm, wenn auch nicht mehr so klagend wie zuvor. Das Unwetter ließ nach.

Fünf Sekunden. Zehn. Dann schoß ein neuer, langer Blitz über den Himmel.

Da sahen es auch die anderen. Der helle Lichtschein ließ die Linien hervortreten, an denen – raffiniert, aber nicht raffiniert genug – die tapezierte Tür auf die tapezierte Wand traf.

Robbo stürzte vor und drückte dagegen. Nichts. Claudia fuhr mit der Hand über die Stelle, wo auf halber Höhe der Wand ein versteckter Türgriff hätte sein müssen. Wieder nichts. Colin sagte: »Setzt euch wieder hin, und schaut es euch noch mal an.«

Und da er auch vorher schon recht behalten hatte, taten sie wie geheißen.

Während ein schwächer werdender Blitz dem anderen folgte, starrten sie auf die Wand, bis Robbo gerade noch rechtzeitig auf die Idee kam, Claudias Bett ein wenig von der Wand abzurücken. Und als der nächste Lichtschein von fern durch die frischgewaschenen Scheiben drang, sahen sie dort, wo zuvor das Bett gestanden hatte, endlich ein merkwürdiges kleines Etwas, das wie eine Windpocke aussah.

»Probier mal.«

Beim nächsten Blitzstrahl, dem ein Donnerrollen folgte, beugte Robbo sich vor und drückte auf den Knopf.

Die Tür sprang auf.

Alle starrten auf die Öffnung.

Das erste, was sie sahen, war ein Schleier aus ineinander verschlungenen, zerrissenen Spinnweben.

»Hier ist seit Ewigkeiten niemand mehr drin gewesen.«

»Wer kommt mit?«

»Ich nicht!«

»Ich nicht!«

Aber es war, als hätte Robbos Mut sie verhext: Alle folgten ihm auf Zehenspitzen in den kleinen Raum. Es war ein Turm am Turm. Durch die sechs zierlichen Bogenfenster, die so schmal waren wie Schießscharten, strömte in blaßblauen Bahnen das gewitterklare Mondlicht. Alles war von einer dicken Staubschicht überzogen: Regal, Schreibtisch und Stuhl, Lampe und Kerzenleuchter, Bücher und Kissen und selbst der Boden, auf dem sich dreist ihre Fußabdrücke abzeichneten, so daß sie sich noch mehr wie Eindringlinge vorkamen. Es war offenkundig, daß niemand diesen Raum betreten hatte, solange ein Mensch zurückdenken konnte.

Claudia zeigte auf einen Fenstersims, auf dem eine winzige holzgeschnitzte Kuh verloren auf drei Beinen balancierte. Als sie ihr über die Nase strich, um sie über all die Jahre der Einsamkeit zu trösten, hörte sie hinter sich ein leises Surren.

»Was ist das?«

Ein riesiger polierter Globus drehte sich, von Robbo angestupst, um seine Achse.

»Nicht, Robbo!«

Er streckte die Hand aus und hielt ihn an. Claudia hatte recht. Dies war kein Ort für müßige Spiele, so wenig wie eine Kirche oder ein Museum.

Ralph betrachtete die Spinnweben, die im Mondlicht leuchteten.

»Wer hier wohl mal gewohnt hat...«

Die schweren Vorhänge, der dunkle Bettüberwurf, die alten Landkarten in ihren Rahmen – bestimmt hatte nicht einmal seine gebrechliche, kopfwackelnde Urgroßmutter ihre Kindheit in einem so düsteren Raum verbracht. Nur eines schien ihm sicher, wenn er sich darin umsah: Das hohe, reich verzierte Bett hatte, bevor die Spinnen es vor vielen Jahren erobert hatten, einem Kind mit ziemlich betuchten Eltern gehört.

Claudia faßte den zierlichen Schreibtisch ins Auge.

»Das war ein Jungenzimmer.«

»Wie kommst du darauf?«

Claudia zeigte auf ein staubbedecktes grünes Album. Sie beugte sich vor, holte tief Luft und pustete darüber hin, als wäre das unscheinbare Buch die köstlichste, kerzenbestückteste Geburtstagstorte.

Staubwolken stoben auf, und dann sahen auch die anderen die krakeligen Schriftzüge auf dem Umschlag, die zuvor nur Claudia bemerkt hatte.

*Richard Clayton Harwick – Meine Geschichte*
*Lies und weine*

»Du liebes bißchen!« rief Robbo. Er hatte automatisch die Worte der Fahrerin gebraucht, und bei der Erinnerung an den Kleinbus fand Ralph eine andere Erklärung als den abflauenden Wind für das schwache Geräusch, das von draußen hereindrang.

»Ist das der Bus?«

Pixie lief ans Fenster und schaute hinunter.

»Er steht unten im Hof. Sie holen gerade ihre Sachen raus.«

Ralph griff nach dem Album.

»Schnell!« sagte er. »Pixie und Claudia – lauft nach oben! Tut so, als würdet ihr fest schlafen! Und Robbo und Colin – in die Betten, Tempo!«

Robbo starrte ihn an.

»Wieso? Wenn Miss O'Dell denkt, wir schlafen, dann läßt sie uns, wo wir sind, und ich komm nicht mit meinen Freunden ins Zimmer.«

Pixie drehte sich in der Tür um.

»Genau! Es hat doch schon gereicht, daß wir aus dem Bus raus mußten! Dann kann ich ja nicht mal neben Shreela schlafen!«

Ralphs Hand beschrieb einen Kreis, der das kleine, in Mondlicht und versunkene Zeit getauchte Turmzimmer umfaßte.

»Hört zu«, bat er. »Wenn wir morgen wiederkommen und das Album lesen, dann kriegen alle anderen Wind davon. Und dann nimmt Miss O'Dell es uns weg und schließt das Zimmer ab.« Er breitete die Arme aus. »Das wißt ihr ganz genau.«

So war es. Niemand widersprach.

»Wir können ja so tun, als ob wir schlafen, und dann das Album heute nacht lesen. Dann wär keiner von unseren Freunden sauer. Sie würden denken, Mr. Plumley wollte, daß wir bei dem Gewitter zusammenbleiben. Und morgen können wir dann zu ihnen.«

Robbo hatte noch Zweifel.

»Und wieso das Ganze?«

»Wieso?« Ralph hielt ihm das Album mit beiden Händen hin. »Robbo, das ist eine einmalige Chance!«

Er fuhr mit den Fingern über die krakelige Schrift.

»*Richard Clayton Harwick. Lies und weine*«, sagte er leise. »Wer hat schon den Mut, seine Geschichte zu erzählen?« Er bettelte jetzt förmlich. »Robbo, wann hat man schon die Chance, in ein anderes Leben hineinzuschauen?«

Robbo gab keine Antwort, aber er schob sich rückwärts durch die Tür, schwang seine Reisetasche auf das nächste Bett und begann sie nach seinem Schlafanzug zu durchwühlen. Die Mädchen eilten nach oben, und Ralph und Colin zogen die Geheimtür hinter sich zu. Als Miss O'Dell und Mr. Plumley mit belegten Broten und Getränken beladen ein paar Minuten später müde die Treppe heraufkamen, zeichneten sich in den Betten des Turmzimmers nur drei dunkle Hügel ab.

»Komisch!« sagte Mr. Plumley. »Ich hab gar nicht gemerkt, daß sie so müde waren.«

Miss O'Dell stellte die Getränkedosen auf den Boden.

»Wo sind denn die Mädchen?«

Sie ging auf Zehenspitzen die Stufen hinauf.

»Ah, hier sind sie. Auch schon fest eingeschlafen.«

»Sollen wir sie wecken?«

Miss O'Dell sah ihn an, als hätte er gefragt: »Sollen wir sie erdolchen?«

»Ich finde, wir haben heute schon genug Ärger gehabt. Vielleicht gibt es morgen ein bißchen Wirbel, wenn neben ihren besten Freunden kein Bett mehr frei ist, aber nach dieser schrecklichen Fahrt wecke ich niemanden mehr auf.«

Sie nahm Mr. Plumley den Stapel eingewickelter Brote ab und deponierte ihn auf dem nächstbesten Bett.

»Aber«, setzte sie vergnügt hinzu, »die fünf scheinen sowieso irgend etwas gemeinsam zu haben. Deshalb hab ich sie auch ausgesucht. Es wär doch ungerecht gewesen, wenn ausgerechnet die paar nicht im großen Bus hätten mitfahren können, die sich noch nicht bis ganz nach hinten durchgerempelt hatten. Also hab ich auf meine Liste geschaut und die ersten fünf genommen, bei denen eine von den Spalten angekreuzt war.«

»Welche?«

Das interessierte Mr. Plumley. Er hatte nicht den Eindruck, daß der kleine Wirbelwind Pixie irgend etwas mit der ruhigen, vernünftigen Claudia gemeinsam hatte. Oder daß der scharfsinnige, fleißige Ralph irgendeine Ähnlichkeit mit Colin hatte, der sich durch die Stunden eines jeden Schultages treiben ließ, als wäre er in Gedanken meilenweit fort, und damit sämtliche Lehrer zur Verzweiflung brachte.

Und der Fußball-Freak Robbo! Was dieser Sportfan mit einem von den anderen gemeinsam haben sollte, war Mr. Plumley schleierhaft.

»Welche denn?« fragte er noch einmal.

Aber Miss O'Dell war schon halb die Treppe hinunter.

Ungeduldig tönte ihre Antwort zu Mr. Plumley herauf und ließ ihn rasch hinter ihr hereilen.

»Keine Ahnung! Vielleicht sind sie alle Vegetarier. Oder allergisch gegen Wespenstiche. Oder Nichtschwimmer. Ich hab nicht nachgeschaut. Aber eins ist sicher: Die fünf haben was gemeinsam, auch wenn sie's noch nicht wissen.«

Und gerade als im ganzen Haus die Lichter wieder angingen, schloß sie die Tür zum Turm und ließ fünf bunt zusammengewürfelte Lauscher, die das ebenso schwer glauben konnten wie Mr. Plumley, in atemloser Stille zurück.

Sobald Pixie und Claudia sich wieder ins Zimmer der Jungen geschlichen hatten, zog Ralph das Album unter seinem Kopfkissen hervor.

»Wer liest vor?«

Noch ehe Claudia einen fairen Vorschlag machen konnte, eine Münze zu werfen etwa oder sich abzuwechseln, hatte Pixie schon die Hände ausgestreckt.

»Gib her, ich kann ganz toll vorlesen.«

Ralph verdrehte die Augen, als sie ihm das Album aus der Hand nahm.

»Bescheidenheit kann's nicht sein, was wir gemeinsam haben«, spottete er.

Alle lachten, nur Pixie machte ein böses Gesicht.

»Oder daß wir dieselben Sachen witzig finden«, setzte Ralph hinzu.

Pixie überhörte seine Bemerkung und schlug das Buch auf.

»Schsch!« machte sie und ließ sich auf dem nächsten freien Bett nieder. »Hört zu!«

Und da sie wirklich wunderbar vorlesen konnte, hörten bald alle zu.

## *Richard Clayton Harwick – Meine Geschichte*
## *Lies und weine*

Als ich noch ein Kind war, bekam mein Vater eines Tages Fieber. Von einem Tag auf den nächsten wurde alles anders. Eine furchtbare Stille legte sich über unser Haus. Die Dienstmägde standen weinend in den Ecken. Die dunklen Kleider meiner Mutter bauschten sich, wenn sie durch die Korridore eilte und den Dienern ungeduldig Dinge – so armselige Dinge! – aus der Hand nahm, die sie dann meinem Vater anbot: ein Glas Wasser, einen Pfirsichschnitz, ein winziges Stück trockenen Toast. Sie flehte ihn an, den Kopf zu heben und davon zu kosten. Aber es half nichts. Niemand sagte mir etwas – was auch? Alle liebten ihn so sehr, daß sie in Weinkrämpfe verfallen wären, wenn sie es ausgesprochen hätten! Doch eines Morgens traf ich auf George, den Gärtner, der schwer auf seinen Spaten gestützt dastand. Ich faßte mir ein Herz und fragte ihn.

»Mr. Digby, stirbt mein Vater?«

Er hob den Kopf und sah mich an.

»Ach, Master Richard!« sagte er, stieß den Spaten fort und drückte mich an seine Brust.

Da wußte ich Bescheid.

An diesem Abend kam Lucy anstelle meiner Mutter, um mit mir zu beten und mir »Gute Nacht und Gottes Segen« zu wünschen. Die Rüschen an ihrer Schürze waren feucht, und während sie an meinem Bett saß, war sie in Gedanken weit fort von meinem kleinen Turmzimmer und tupfte sich immer wieder die Augen.

»Lucy«, fragte ich sie, »wird es heute nacht sein?«

Sogleich legte sie mir den Finger auf die Lippen.

»Pssst! Kein Wort davon!«

Bevor ich weitere Fragen stellen konnte, war sie bereits aufgesprungen und weinend davongeeilt.

Früh am nächsten Morgen hetzte ich die Hunde die Lindenallee auf und ab, bis wenigstens ich müde war, und versteckte mich dann tief im Gebüsch, um mit meinen dunklen Ängsten allein zu sein. Plötzlich hörte ich es im Unterholz laut rascheln und sah, wie eine weiße Rüschenwolke sich zwischen den Sträuchern hindurchschob und zwei zierliche Händchen ärgerlich nach den kalten Tautropfen schlugen, die von den Blättern flogen. Dann stand die kleine Charlotte vor mir.

»Dickie! Mutter hat das ganze Haus losgeschickt, um dich zu suchen! Vater hat mich umarmt und mir einen Kuß gegeben, und jetzt will er dich sehen.«

Ich wußte, was ich meiner Schwester schuldig war. Aber ich muß gestehen, daß ich es den Untergärtnern überließ, sie aus ihrer Lage zu befreien. Ohne ein Wort des Dankes für die so mühevoll überbrachte Botschaft brach ich durch das Gebüsch, rannte über die Rasenflächen und nahm eine Abkürzung durch die offene Verandatür.

Als ich über die Läufer sprang, fiel eine schwere, aus einem schwarzen Ärmel ragende Hand auf meinen Arm und drehte mich herum.

»Hiergeblieben, Junge!«

Es war Reverend Coldstone. Obgleich es kein Sonntag war, wünschte ich ihn in seine dunkle, efeuüberwucherte Kapelle zurück.

»Ich hab's eilig, Sir!«

Drohend stand er vor mir. Er umklammerte meinen Arm noch fester, und die Augen in dem bleichen Gesicht bohrten sich in meine. Er war schwarz wie eine Fledermaus gekleidet, und (ich sage es ohne Angst, jetzt, da er alles getan hat, um die Angst aus mir herauszuprügeln) er war mir so willkommen wie die düsteren, unansehnlichen Gestalten im schönen Frühstückszimmer meiner Mutter.

»Bitte, Sir! Ich flehe Sie an! Mein Vater wünscht mich zu sehen. Ich muß gehen!«

Er kniff mich in den Arm.

»Sind das deine besten Manieren?«

»Ja, Sir«, erwiderte ich scharf, »zumindest wenn meine Mutter nach mir schickt.«

Da trat er zurück. Seine eisblauen Augen blitzten zornig auf, und seine Stimme klang noch schärfer als meine und in diesem Tonfall, wie ich spürte, weit geübter.

»Ich werde dir bald bessere Manieren beibringen«, warnte er mich. »Verlaß dich drauf.«

Zu jedem anderen Zeitpunkt hätte ich seine Worte bezweifelt, doch jetzt machte ich nur, daß ich fortkam – die Treppe hinauf und durch den Korridor, wo meine Mutter in der Tür stand und nach mir Ausschau hielt.

»Richard«, sagte sie ernst und strich mir das widerspenstige Haar aus der Stirn. »Du mußt jetzt tapfer sein. Ich will nicht, daß dein Vater seinen letzten Gang in Sorge tut.«

»Ja, Mutter.«

»Und, Richard –«

Ich wandte mich noch einmal um.

»Ja, Mutter?«

Sie nahm meine Hände und drückte sie. »Keine Tränen,

mein Liebling. Dein armer Vater hat genug Tränen gesehen.«

»Ja, Mutter.«

Keine Tränen! Es wäre mir an jenem Morgen leichter gefallen, ihr zu gehorchen, wenn ich gewußt hätte, wie viele Tränen ich danach vergießen sollte. In wie vielen Nächten meine Kissen naßgeweint sein würden. An wie vielen wolkenlosen Nachmittagen es aus meinen Augen regnen würde. Zeigt mir das Kind, das seinem Vater oder seiner Mutter die Hand reicht und »Lebewohl« sagt, und ich zeige euch einen Menschen, der hinter steinerner Miene von Schluchzern geschüttelt wird.

»Mein starker Junge«, sagte er. »Keine Tränen. Das freut mich.«

Er sprach mit so schwacher, keuchender Stimme, daß ich seine Worte kaum verstand.

»Du mußt gut sein zu deiner Mutter und deiner Schwester. Von nun an bist du der Mann im Haus. Sie sind auf dich angewiesen.«

Ich beugte mich weiter zu ihm hinab. Er nahm meine Hand, und sein Griff war so schwach, daß selbst Charlotte kräftiger zugefaßt hätte.

»Du mußt deiner Mutter aufs Wort gehorchen.«

»Ja, Vater.«

Wie selbstsüchtig wäre es gewesen, hätte ich in diesem Moment ausgerufen: »Mutter und Charlotte, ja! Aber was ist mit *mir*?« Und doch muß ich selbstsüchtig sein, denn ich habe Stunde um Stunde in diesem kalten, einsamen Turm gesessen, und der Gedanke kehrte immer wieder: ›Was ist mit mir?‹ Ich wünsche meiner Mutter Glück, das versteht sich von selbst. Und um nichts in der Welt würde ich Charlotte weh tun oder zulassen, daß andere ihr weh tun. Doch warum hat mein Vater nicht von mir gesprochen? Ist mein Glück unwichtig? Gelte ich weniger? Soll ich immer nur lächelnd nicken und ein tapferer Junge sein, jetzt, da nichts mehr ist, wie es war, und alles, was ich einst geliebt habe, anders geworden ist? Nein, nicht nur anders. Ich sage es, wie es ist: *schlechter!*

Denn es ist in der Tat schlechter geworden. Weit schlechter. Manchmal sitze ich am Grab meines Vaters und fahre mit den Fingern über die tief eingegrabenen Buchstaben seines Namens. Und plötzlich überfällt mich die Angst, ich könnte wahnsinnig werden, ich könnte aufstehen und wie wild mit den Füßen stampfen, um ihn aufzuwecken und ihm von allem zu erzählen, was nicht mehr in Ordnung ist, seit er uns genommen wurde. Weshalb soll er in Frieden ruhen, während ich selbst im eigenen Haus mehr oder weniger zum Fremden werde? Ratet, wer jetzt das Regiment führt! Diese pechrabenschwarze Fledermaus hat sich bei meiner Mutter eingeschmeichelt, als sie noch tief in Trauer war, und sie so unentrinnbar in die Falle gelockt, als hätte er ein Netz über sie geworfen. »Aber, aber, Mrs. Harwick, Sie sehen ja vor lauter Tränen nicht die Löcher im Kapellenweg. Bitte, nehmen Sie meinen Arm, ich bringe Sie wohlbehalten nach Hause.« »Kommen Sie, meine liebe Mrs. Harwick, wir wollen zusammen beten.« Bereits als Charlotte die Monate seit ihrem letzten liebevollen Lebewohl von unserem Vater noch an ihren rosigen Fingerchen abzählen konnte, zog Mr. Coldstone das Netz fester zu. »Lilith, Ihre Trauer währt länger, als Gott es verlangen würde.«

Und wenige Wochen später hörte ich, während meine eigenen Tränen von dem Gebüsch verborgen wurden, hinter dem ich stand, jene Worte, die mein Herz zu Stein erstarren ließen: »Lily, Liebste, wenn Sie erst mein sind...«

Wenn Sie erst mein sind... Und in der Tat! Jetzt ist es, als wäre meine Mutter wirklich sein Besitz. Sie und alles, was zu ihr gehört. Auch ich, so scheint es. Und Charlotte.

»Der Junge verwildert. Ich hätte gute Lust, ihn zu zähmen. Er muß unter allen Umständen auf eine Schule. Und vielleicht wird seine Schwester ohne seinen Einfluß auch nicht mehr so flatterhaft sein.«

Und was sagte meine Mutter? Erhob sie sich, blitzte sie ihn zornig an und rief: »Mr. Coldstone, Sie gehen zu weit! Mein Richard schweift zwar frei umher in Haus und Park, wo er glücklichere Zeiten erlebt hat, aber ich dulde nicht, daß man ihn ›verwildert‹ nennt. Und was die kleine Charlotte anbelangt, so waren ihr Vater und ich stolz darauf, ein so zärtliches, liebevolles Kind aufzuziehen. Für uns war sie nicht ›flatterhaft‹, und er wäre ganz gewiß ebenso dankbar wie ich, wenn auch ihr neuer Vater sie nicht so nennen würde.«

Ist meine Mutter auf solche Weise für uns eingetreten? Nein. Sie senkte lediglich die Lider, sie wandte den Blick ab, oder sie preßte die Hände gegen ihre pochenden Schläfen und bat Lucy um ein weiteres Pulver »für meinen armen schmerzenden Kopf«. Die Wochen vergingen, das Regiment wurde immer strenger, und schließlich gab es Tage, an denen mein eigenes Heim mir noch mehr wie ein Gefängnis erschien als jener Höllenwinkel, in den ich vier Tage nach Weihnachten geschickt wurde.

Es war die Mordanger-Schule. Wenn es einen noch trostloseren Ort auf Erden gibt, so soll er zu Asche verbrennen. In vier langen Jahren habe ich auf der Mordanger-Schule nichts anderes gelernt als zu frieren, zu hungern, schikaniert und geschlagen zu werden. All meine kostbaren Erinnerungsstücke an zu Hause hat man mir dort gestohlen. Und in den kalten Korridoren habe ich gelernt, Stunde um Stunde auf nichts zu warten, was des Wartens wert wäre. Ich glaube allen Ernstes, die kleine holzgeschnitzte Kuhherde auf Charlottes Spielzeugbauernhof verdankt ihr Dasein der grausamen Zucht meiner Lehrer. Nachdem man mir so viele Male »Sitz still, Junge!« und »Hör auf herumzuzappeln!« zugerufen hat, bin ich bei meinen kurzen Besuchen zu Hause außerstande, meine Hände stillzuhalten.

»Hier, Charlotte, noch eine Kuh für dich.«

Sie nahm sie und pustete kräftig darüber hin, um das Sägemehl fortstieben zu sehen. Dann ließ sie die Kuh über die Wölbung des riesigen glänzenden Globusses wandern, den mein Stiefvater mir freundlicherweise zum Geburtstag geschenkt hat, um mich besser mit Ohrfeigen und Schlägen peinigen zu können, wenn ich nicht augenblicklich auf China zeigen oder ihm sagen kann, ob der Indische Ozean größer oder kleiner ist als der Pazifik.

»Charlotte«, bat ich sie, »hör auf, den Globus zu drehen. Schon bei dem Geräusch wird mir ganz schlecht.«

Ihr Gesicht wurde ernst.

»Ach, Dickie«, sagte sie, »warum mußt du ihn nur so hassen?«

»Vielleicht«, erwiderte ich, »kämst du der Antwort näher, wenn du ihn fragen würdest, warum er mich so haßt.«

Charlotte seufzte tief.

»Mutter sagt, alles, was er tut, ist nur zu deinem Besten. Damit du stark und männlich wirst. Ein Sohn, auf den sie stolz sein können.«

»Ich bin nicht sein Sohn! Niemals!«

Charlotte drehte die Kuh um und betrachtete ihre kleinen Hufe.

»Er ist sehr nett zu mir«, flüsterte sie.

Wieviel Mut brauchte sie, um das zu sagen! Seit dieser Mann in unserem Haus ist, hat sie sich stets zwischen uns beiden ihren Weg gesucht, wie jemand, der von Stein zu Stein über ein tosendes Gewässer springt. Solange ich in ihrer Nähe bin, achtet sie darauf, daß sie ihre Hand nicht allzu bereitwillig in seine legt, nicht über seine dürftigen Scherze lacht oder zu seinen Füßen kauert, wenn er am Kaminfeuer vorliest. Zuweilen aber streiche ich wie ein Schatten durchs Haus und gehe leise an offenen Türen vorbei, und daher weiß ich nur zu gut, was geschieht, sobald sie glaubt, daß ich weit fort bin und Mr. Digby beim Rosenschneiden zuschaue oder Lucy beim Bohnenausmachen helfe: Sie schmiegt sich an ihn, er streicht ihr übers Haar und liebkost sie, er nennt sie seine »liebe, gute Charlie« und bittet sie, ihm seine Pfeife, seine Hausschuhe oder seine Zeitung zu holen.

Ich konnte nicht anders. Ich schleuderte Charlotte die Worte entgegen.

»Für dich ist es leicht, ihn zu mögen, weil du vergessen hast, wie es früher war! Du hast unseren Vater vergessen!«

Ihr kleiner Mund zitterte.

»Dickie! Das ist nicht wahr!«

»Was sonst, wenn du ohne zu schaudern neben der schwarzen Fledermaus stehen kannst, die seinen Platz einnehmen will.«

»Dickie«, klagte sie, »Vater ist tot und begraben. Warum sollte ich Mr. Coldstone wie einen Mörder behandeln? Nicht er hat uns Vater genommen, sondern das Fieber! Daß uns das Leben diesen einen schweren Schlag versetzt hat, ist doch kein Grund, für immer unglücklich zu sein.«

»Vielleicht könntet ihr ohne die schwarzen Wolken, die ich euch bringe, eure heile Welt unbeschwerter genießen!«

»So etwas darfst du nicht sagen, Dickie!«

»Und wenn es wahr ist?«

Sie warf die kleine Kuh nach mir.

»Es ist nicht wahr! Sag, daß es nicht wahr ist!«

Das tat ich. Ich nahm ihre Hand, trocknete ihre Tränen und bat sie um Verzeihung. Doch tief in meinem Innern weiß ich, daß es wahr ist. Daß es den dreien ohne mich besser ergehen würde. Ich glaube, für Mutter wäre das Leben sehr viel angenehmer, wenn meine düsteren Blicke und meine mißmutige Miene sie nicht täglich daran erinnerten, daß sie in meinen Augen das Gedächtnis meines Vaters verraten hat. Und Charlotte würde sich – dessen bin ich mir sicher – ebenso schnell und leicht daran gewöhnen, ohne mich zu leben, wie sie sich daran gewöhnt hat, ohne unseren lieben Vater zu leben.

Und nun stehe ich im Begriff, die Feder niederzulegen und meine Sachen zu packen. Seltsam, daß ein so junger Mensch wie ich in dem Moment, da er sich bückt, um eine kleine Holzkuh mit einem abgebrochenen Bein vom Boden aufzuheben, einen Entschluß fassen kann, der das Leben dreier Menschen verändern wird.

Aber genau das habe ich getan.

Ich werde fortgehen.

Pixie brach ab und sah auf. Von Colins Bett her hörte man ein scharfes Einatmen, und Claudia putzte sich die Nase.

»Lies weiter«, drängte Ralph, »Ich will wissen, wie's weitergeht.«

Pixie beachtete ihn nicht.

»Alles in Ordnung mit euch beiden?«

Colin tat so, als sei er nicht gemeint, und Claudia wischte sich unverhohlen die Tränen ab.

»Ja, lies weiter. Es ist nur…«

Pixie warf ihr einen Blick zu.

»Nur was?«

»Nichts.« Claudia schüttelte den Kopf. »Lies weiter.«

Während Pixie die Stelle suchte, an der sie stehengeblieben war, meldete Robbo sich zu Wort.

»Wär das schön, wenn meine Schwester zuhören könnte! Sie hat den Bart von Anfang an gehaßt, seit dem Tag, als er bei uns eingezogen ist.«

»Den Bart?«

Pixie war nicht die einzige, die Robbo neugierig ansah. Aber sie war die einzige, die sich nach Colin und Claudia umdrehte.

»Ach so!« sagte sie plötzlich.

Sie wandte sich Ralph zu.

»Und du?« wollte sie wissen. »Was ist mit dir?«

»Wieso?«

Jetzt grinste Pixie.

»Komm, Ralph, du bist doch angeblich so schlau«, zog sie ihn auf, so wie er es zuvor mit ihr getan hatte. »Verstehst du nicht? Colin hat ausnahmsweise mal zugehört, statt zu träumen, Claudias Taschentuch ist total durchweicht, und Robbos Schwester weiß genau, wie Richard Harwick zumute ist…« Sie wedelte mit den Händen, so wie Miss O'Dell, wenn sie im Mathematikunterricht jemandem auf die Sprünge helfen wollte.

Ralph schüttelte den Kopf. Er stand vor einem Rätsel.

»Ich geb dir noch einen Tip.« Pixies Augen strahlten. »Ich mußte zwei Adressen auf mein Erlaubnisformular schreiben.« Wieder ahmte sie Miss O'Dell nach: »Behandelt die Mathematik nicht so stiefmütterlich!« Sie grinste. »Die böse Stiefmutter… Verstehst du jetzt?«

»Klar!« Ralph ließ triumphierend die Faust auf sein Bett niedersausen. »Ich bin nur nicht draufgekommen, weil von meinen Stiefmüttern keine böse war.«

»Keine einzige?«

Alle starrten ihn an, aber Ralph merkte es gar nicht. Er fuhr fort: »Stimmt, du hast recht. Ich hab auch zwei Adressen auf das Formular geschrieben.«

Claudia begriff nicht.

»Welches Formular?«

»Das Erlaubnisformular«, erklärte Ralph. »Wetten, Pixie hat recht. Wetten, das ist es, was wir gemeinsam haben: Wir haben alle zwei Adressen draufgeschrieben.«

»Und das hat Miss O'Dell gesehen, als sie die Leute für den Kleinbus ausgesucht hat.«

»Genau.«

Claudia zeigte auf das Album in Pixies Hand.

»Heißt das, wir haben auch mit *ihm* etwas gemeinsam?«

Ralph schauderte.

»O Gott, nein!« sagte er. »Wir haben ja zwei Elternhäuser. Richard Harwick hatte nur eins.«

Pixie blätterte um.

»Und das eine wohl auch nicht mehr lange.«

Ralph griff nach seinem Getränk.

»Weiter«, kommandierte er. »Lies weiter!«

»Ja«, fiel Colin ein, »lies weiter. Und daß du kein Wort ausläßt, nicht ein einziges!«

Er wandte sich ab, um nach seinem Brot zu suchen, und so entging ihm der zutiefst erstaunte Blick, der ihn traf. Pixie faßte das Album fester. Auf der nächsten Seite war die Schrift sehr viel sauberer und leserlicher. Wenn selbst Colin, der sonst nur Löcher in die Luft starrte und niemals zuhörte, von der Geschichte so gefesselt war, dann wollte sie weiterlesen.

Ich will den Leser nicht mit den Einzelheiten meiner Flucht ermüden. Es genügt, wenn ich sage, daß es nicht schwer ist, eine nagelneue Schuluniform gegen alte Lumpen einzutauschen, und daß es am Hafen Unmengen von Waisenkindern gibt. Wenn ein großes Schiff Segel setzt, um in See zu stechen, und noch ein Schiffsjunge gebraucht wird, fragt niemand einen Burschen, der so derb redet wie ein Gärtnerssohn und sich Dick Digby nennt, ob seine Mutter weiß, daß er zur See geht. Und zum ersten Mal in meinem Leben wünschte ich, ich hätte in meinen Unterrichtsstunden besser aufgepaßt. Hätte ich damals den Globus meines Stiefvaters im Kopf gehabt, könnte ich euch heute genauer sagen, welche Ozeane ich befuhr, welche Meere ich sah, welche fremden Häfen wir anliefen. Zweimal in den folgenden Jahren mit all ihren gleißenden Sonnenaufgängen und ihren schwermütigen Sonnenuntergängen kam unser Schiff nach Hause. Und zweimal stand ich wie ein Eindringling im Schatten der Linden und blickte zum Haus hinüber, anstatt meiner Sohnes- und Bruderspflicht zu genügen und die Allee hinaufzugehen, um mich dem Zorn meines Stiefvaters, den Tränen meiner Mutter und den Küssen meiner Schwester zu stellen.

Haus? Sagte ich Haus? Es war eher ein Grab. Denn während ich es betrachtete, schien es mir, als seien selbst aus seinen Mauern alles Licht und Leben meines einstigen Zuhauses gewichen. Von meiner Mutter und meiner Schwester war nichts zu sehen – auch nicht der Schatten eines Kleides, das sich an einem Fenster bauschte. Und auch mein Stiefvater blieb unsichtbar in diesem stummen Mausoleum, in dem er jetzt zu Hause war (der ideale Ruheplatz für eine schwarze Fledermaus!). Nur Lucy sah ich. Geduckt gegen den Wind anweinend hastete sie über den Hof. Da ich jedoch aus meinen Kindertagen wußte, daß sie fest an Geister glaubte, wagte ich nicht aus dem Schatten der Bäume zu treten, aus Angst, sie tödlich zu erschrecken.

Auch Digby sah ich. Ein dutzend Mal unterbrach er seine Arbeit und wandte sich mit hoffnungsvoll-ungläubiger Miene in meine Richtung. Dann spähte er schärfer nach der dunklen Mulde, in der ich stand, und schüttelte den ergrauten Kopf, als wollte er zu sich selbst sagen, daß er ein dummer alter Mann sei, der von besseren Zeiten träume. Und schließlich beugte er sich wieder über seinen Spaten.

Das war das letzte Mal, daß ich Old Harwick Hall sah – bis zu dieser Nacht. Ich schlich mich fort, zurück auf See, und trotz aller Schiffbrüche und Stürme lachte mir das Glück. Matrose. Fähnrich zur See. Kapitän. Ich stieg so rasch auf, wie ich ein Tau hochkletterte. Und als ich eines Tages müßig an meinem Kapitänstisch saß, fiel mein Blick auf das kleine Viereck bedruckten Papiers, das mich nach Hause zurückbrachte.

*Nachricht erbeten von Richard Clayton Harwick aus Old Harwick Hall. Er möge schreiben an Riddle & Flook (Rechtsanwälte), um etwas für ihn Vorteilhaftes zu erfahren.*

Etwas für mich Vorteilhaftes! Schämen sollten sich Riddle und Flook! Nur solch verstaubte Schreiberseelen konnten im Tod dreier unglücklicher Menschen etwas für mich Vorteilhaftes sehen! Oh, ja! Ich bin jetzt der Besitzer von Old Harwick Hall. Die ganzen Ländereien gehören mir. Ich bin reich. Und wozu das alles? Meine Mutter ist an gebrochenem Herzen gestorben, mein Stiefvater an seiner Wut, als er erkannte, daß er mir trotz aller Ränke das Haus nicht vorenthalten konnte. Und meine liebste Charlotte! Lest, wenn eure Tränen es erlauben, diese Abschrift des Briefes, der in meinem Turmzimmer auf mich wartete.

*Mein liebster, liebster Richard,*

*denn das bist du noch immer für mich, obwohl du so grausam warst. Hättest du nur den Mut gehabt zu bleiben, Geduld zu üben und unsere Nöte mitzutragen, anstatt sie durch dein Verschwinden noch zu vermehren. Wir hatten es schwer, seit du fort bist. Zuerst gab Mutter ein Vermögen aus, um dich zu suchen, und wir alle hatten unter Mr. Coldstones Zorn zu leiden, als das Geld immer mehr dahinschmolz. »Was? Schon wieder eine kostspielige Suchaktion? Gib doch den undankbaren Jungen ein für allemal verloren!« »Lilith! Wenn du noch mehr von deinem schwindenden Vermögen für diese Narretei vergeudest, wirst du mir zweifach dafür bezahlen!«*

*So kam es auch. Letztes Jahr starb sie (weil er zu nahe war und du zu fern). Und vom Tag ihres Begräbnisses an wandte er keinen Penny mehr für die Suche nach dir auf. (»Wozu nach einem solchen Burschen fahnden?«) So fiel es mir zu, weiter nach dir zu suchen. Da ich kein eigenes Geld besitze, habe ich letztes Jahr an meinem sechzehnten Geburtstag Charles Devere geheiratet. Ich liebe ihn nicht so, wie ich sollte, und er kann mich nicht glücklich machen. Aber er ist wohlhabend und hat versprochen, die Suche weiter zu betreiben. Riddle und Flook, seine Anwälte, setzen täglich Anzeigen in alle Zeitungen. (O Richard! Manchmal glaube ich, du bist um den halben Erdball geflohen, nach Alexandria oder nach Tschittagong, weil du sie nicht gelesen hast!)*

*Und vielleicht wirst du sie niemals lesen. Ebenso-*

*wenig wie diesen traurigen Brief. Liest du ihn aber, verweile einen Augenblick und weine, denn dies wird der erste und letzte Brief sein, den du von deiner getreuen Schwester Charlotte erhältst. Bin ich dann noch am Leben, werde ich nicht zulassen, daß ein Schatten über deine Heimkehr fällt. Sollte ich aber wie so viele Frauen im Kindbett sterben, wird Charles diesen Brief in unser einstiges Heim schicken, damit du weißt, weshalb dich dort eisiges Schweigen empfängt.*

*Leb wohl, Bruder,*
*Deine dich liebende*

Der Name war von Tränen verwischt. Zuerst von ihren, dann von meinen. Wie habe ich in dieser Nacht geweint! Und jetzt, da der Tag anbricht, muß ich mich entscheiden, ob ich bleiben und mich dem Unheil stellen soll, das ich angerichtet habe, als ich ein Unrecht auf das andere häufte, oder ob ich meine Sachen packen und wieder fortgehen soll, dieses Turmzimmer für immer hinter mir verschließen und es den Spinnen in ihren Netzen überlassen, sich darüber zu streiten, ob ich richtig oder falsch gehandelt habe.

Ich drehe den Globus, und der Raum füllt sich mit Erinnerungen an Charlotte. Das Tageslicht kriecht über den Fenstersims, auf dem so verloren die kleine zerbrochene Kuh steht.

Werde ich gehen oder bleiben?

»Weiter!«

Pixie legte das Album nieder.

»Geht nicht. Mehr steht nicht da.«

»Mehr steht nicht da?«

»Nein. Hier ist Schluß.«

»Schluß? Einfach so?«

»Einfach so.«

Sie hielt das Album hoch und zeigte es ihnen.

Sie saßen schweigend da, bis Robbo sagte: »Also ist er fortgegangen.«

»Hat seine Sachen gepackt und sich davongemacht«, bekräftigte Claudia. »Schrecklich!«

»Nicht nur für ihn«, entgegnete Pixie scharf. »Was ist mit Lucy und Mr. Digby? Was glaubt ihr, was aus denen geworden ist?«

Da meldete Colin sich zu Wort, und wieder waren die anderen überrascht.

»Wahrscheinlich konnten sie nichts tun als immer weiter warten und hoffen, genau wie seine Mutter und seine Schwester. Und das ist kein Vergnügen, kann ich euch sagen, wenn man nichts tun kann als immer weiter nur warten und hoffen.«

Seine Worte kamen aus tiefstem Herzen und verrieten, daß auch er zuviel gewartet und gehofft hatte.

»Ich finde«, ereiferte sich Pixie nach einem Augenblick des Schweigens, »man sollte es sich sehr gut überlegen, bevor man Entscheidungen trifft, die das Leben aller Menschen um einen herum verändern.«

»Ich hab das mal getan«, sagte Claudia. »Eine Blitzentscheidung war das.«

»Aber die hat bestimmt nicht alles um dich herum verändert.«

»Nein«, erwiderte Claudia nachdenklich. »Nicht so, wie

wenn ich fortgelaufen und zur See gegangen wäre. Aber verändert hat sie schon etwas.«

Ralph streckte den Arm hoch und schaltete das Licht aus. Schatten erfüllten den Raum.

»Geschichten müssen nicht unbedingt aufgeschrieben sein«, wandte er sich an Claudia. »Und heute ist die Nacht der Geschichten. Erzähl!«

## Claudias Geschichte:

## *Der grüne Schlafanzug*

Es ist noch gar nicht lange her, da haben meine Mum und mein Dad sich getrennt. Ich hab es kommen sehen. Ich wußte, daß sie sich dauernd stritten, das war deutlich genug zu hören, aber für mich war das nichts Besonderes. Ich hab meine Kopfhörer aufgesetzt oder den Fernseher lauter gestellt, und sie haben sich immer ziemlich schnell wieder vertragen. Manchmal hat meine Mum über meinen Dad geschimpft: »Mir reicht's! Die ganze Zeit ist er mit seinem Café zugange! Wir kriegen ihn kaum noch zu sehen, und wenn, dann ist er so müde, daß nichts mit ihm anzufangen ist!«

Aber am nächsten Tag bekam sie einen Anfall, wenn ich was gesagt hab.

»Sprich nicht so von Daddy!«

Und eines Tages war er weg. Ich kam aus der Schule, und im Haus war alles umgeräumt. Mein Radio stand in der Küche, meine Jacken und Schuhe waren ordentlicher im Garderobenschrank verteilt, weil seine Mäntel und Stiefel verschwunden waren, die Froschtasse, die ich ihm zum Geburtstag geschenkt hatte, hing nicht mehr an ihrem Haken, und ein paar Fotos waren auch weg – die von mir und ihm.

»Was ist denn hier los?«

»Nichts«, sagte Mum. »Nur daß dein Vater und ich uns

im Moment nicht so gut verstehen. Er ist bei Oma, bis wir uns wieder beruhigt haben.«

Es sollte unbekümmert klingen, aber ich wußte, daß es schlimmer war, als sie zugab. Normalerweise beruhigte er sich bei der Arbeit im Café und sie bei einem Telefongespräch mit ihrer Schwester. Zu Oma war noch keiner gegangen, um sich zu beruhigen. Und noch keiner hatte ein Radio und Gummistiefel und Fotos mitgenommen.

Am Anfang kam er noch ziemlich oft. Aber er blieb nicht. Nur zum Tee, und zu neuen Krächen. Und da ich nicht ganz blöd bin, hab ich manchmal hinter der Tür gelauscht. Manchmal hab ich meinen Walkman ganz laut gestellt, aber die Kopfhörer nicht richtig in die Ohren gesteckt, so daß Mum und Dad die Musik hören konnten, aber nicht gemerkt haben, daß ich gelauscht hab, wenn ich an ihnen vorbei die Treppe rauf und in mein Zimmer bin. Manchmal hab ich auch gefragt: »Was ist los mit euch?«

»Nichts«, hieß es dann jedesmal. »Mach dir keine Sorgen. Das kommt schon wieder in Ordnung.«

Und auf einmal wurde alles anders. Eines Abends jagte ein Telefongespräch das andere, Mum war wütend, und sogar Oma, die sich doch so angestrengt hatte, »nicht Partei zu ergreifen«, hatte einen Riesenkrach mit Dad. Das war das erste Mal, daß ich den Namen ›Stella‹ gehört hab. Mum hat ihn so ins Telefon gezischt, als sie mit ihrer Schwester sprach, daß ich ihn erst mal in schöner Schnörkelschrift mit Filzstift auf ein Blatt Papier schreiben mußte, damit er sich aus einem Schimpfwort wieder in einen Namen verwandelte.

Danach hat sich mein Dad kaum noch in unsere Nähe

gewagt. Ich glaube, er hatte Angst, Mum würde ihn umbringen. Manchmal rief er an, um mich zu sprechen, und wenn Mum in eisiges Schweigen verfiel und den Hörer von sich weghielt, als ob er stinken würde, dann wußte ich, daß er's war. Und damit sie nicht länger so schaute, kam ich so schnell angerannt, daß ich über die Teppichkante stolperte oder eine Milchflasche umwarf und dann am Telefon ganz verlegen war.

»Hallo.«

»Hallo.«

»Wie war's in der Schule?«

»Ganz okay.«

»War irgend was Besonderes?«

»Eigentlich nicht.«

»Gar nichts?«

Ich sah über die Schulter zu Mum. Sie wischte die verschüttete Milch auf oder klapperte mit dem Geschirr und tat so, als ob sie nicht zuhören würde. Aber ich wußte, daß sie zuhörte.

»Möchtest du am Samstag kommen?«

»Wenn du willst.«

»Nein, wenn *du* willst.« Er wurde allmählich sauer.

Ich warf Mum einen Blick zu. Sie lauschte immer noch.

»Okay.«

Und damit Mum sich nicht aufregt, hab ich aufgepaßt, daß es so klingt, als wär ich gar nicht so scharf drauf. Und als ich aufgelegt hatte, merkte ich, daß ich tatsächlich nicht so scharf drauf war. Wenn ich zu Oma ging, um Dad zu besuchen, konnte ich nicht zu Nataschas Party oder mit Shreela in die Stadt oder mit Flora an meinem Projekt arbeiten.

Außerdem war's bei Oma langweilig. Nicht langweiliger als sonst, aber eben langweilig. Man kann so wenig machen da; meine Sachen sind alle zu Hause. Dad langweilte sich noch mehr als ich. Er versank in seinem Sessel und stellte mir blöde Fragen.

»Dann geht's dir also gut?«

Oder: »Wie geht's Mum?«

Was sollte ich antworten? Sie haben's ja immer damit, daß man die Wahrheit sagen soll, aber was sollte ich in dem Fall sagen? Nein, mir geht's nicht gut. Ich finde das alles beschissen! Es ist mir egal, wenn ihr euch dauernd streitet. Sogar diese geheimnisvolle Stella ist mir egal, von der nie jemand redet. Ich will nur, daß alles wieder so wird wie früher. Daß du mittwochs zu Hause bleibst, daß du dich aufregst, wenn ich nicht rechtzeitig ins Bett gehe, daß du dauernd motzt, weil ich den Warmwasserhahn nicht richtig zudrehe, daß du mir sagst, ich soll mir mit den Hausaufgaben mehr Mühe geben. Ich will, daß du zurückkommst, daß du die Champignons von deiner Pizza pickst und mir auf den Teller legst wie gebratene Nacktschneckenscheiben. Gestern gab's bei uns Pizza, und auf einmal hab ich dich so vermißt, daß ich angefangen hab zu weinen. »O Gott, bitte hör auf«, hat Mum gesagt. »Ich ertrag's nicht!« Da hab ich mein Pizzastück auf den Boden geschmissen, bin türenknallend rausgerannt, rauf in mein Zimmer, und hab ihr die Tür vor der Nase zugesperrt. Und dann stand Mum draußen und ich drinnen, und beide haben wir geheult wie die Schloßhunde. Also sag nicht »Dann geht's dir also gut?« und »Wie geht's Mum?«, sonst kriegst du vielleicht mal eine Antwort! Frag lieber gar nichts!

Claudia brach ab. Draußen pfiff noch immer der Wind durch die Bäume, aber im Zimmer war die Stille mit Händen zu greifen. Alle hielten den Atem an.

»Hört ihr noch zu?«

Aus dem Dunkel tönte Ralphs Stimme: »Was soll der Blödsinn, Claudia? Natürlich hören wir zu. Erzähl weiter!«

Dad blieb bis nach Weihnachten bei Oma. Zum ersten Mal waren wir an Weihnachten nicht zusammen. Es war furchtbar! Ich mußte mich entscheiden, ob ich Dads Geschenke am falschen Tag kriegen will oder ob ich sie auspacken will, ohne daß er dabei ist. Er hat gesagt, ihm ist es egal, aber ich hab genau gemerkt, daß es ihm nicht egal war. Am zweiten Feiertag mußte ich dann zu Oma, und das war auch furchtbar. Mum und Dad haben sich mit eisiger Höflichkeit begrüßt, als Mum mich hingebracht hat. Und Oma hatte mit dem großen Essen unbedingt warten wollen, bis ich da bin, dabei war mir schon ganz schlecht von dem vielen Truthahn und dem Weihnachtspudding und dem Kuchen, und ich hab mich scheußlich gefühlt, und die anderen auch.

An dem Abend hab ich Daddys Stella kennengelernt. Ich hatte sie mir ganz anders vorgestellt. Er hat sie mir gezeigt, als sie auf der anderen Straßenseite entlangging, und bis zu dem Moment hatte ich gar nicht gewußt, daß ich sie mir überhaupt irgendwie vorgestellt hatte. Aber als ich sie sah – toll sah sie nicht aus, irgendwie unscheinbar, mit einem langen braunen Mantel –, da hab ich gemerkt, daß ich die ganze Zeit gedacht hatte, sie wäre groß und blond und aufgemotzt, mit Klimperwimpern und angemalten Augen. Ich finde, ehrlich gesagt, meine Mum sieht viel besser aus als Stella, besonders wenn sie sich in Schale wirft. Aber Stella hat freundlich gelächelt und kam sofort rüber. »Hallo, du bist bestimmt Claudia«, hat sie gesagt und mich gefragt, ob ich schöne Weihnachten gehabt hätte, was ich gekriegt hätte und wie lange noch Ferien sind – das Übliche eben.

»Wolltest du irgendwo Bestimmtes hin?« hat Dad sie gefragt. »Komm doch ein bißchen mit uns spazieren!« So falsch und aufgesetzt, wie das klang, war klar, daß sie diese ganze zufällige Begegnung abgesprochen hatten (bestimmt auch noch mit Uhrenvergleich). Ich bekam eine Stinkwut, weil ich es hasse, wenn ich wie eine Schwachsinnige behandelt werde und nicht weiß, was hinter meinem Rücken vorgeht. Also hab ich nichts gesagt und nur auf meine Füße runtergeschaut. Und weil ich so sauer war, hab ich auf ihre Fragen keine Antwort mehr gegeben. Dad ging links von mir, sie rechts. Bestimmt wären sie lieber Arm in Arm gegangen. Sie hat munter weitergeplaudert, und ich bin ganz schnell gegangen, damit sie merken, daß ich die Sache möglichst rasch hinter mich bringen will. Ein bißchen mußte ich zuhören, damit ich »Ja« oder »Nein« sagen konnte, wenn sie mich was gefragt hat. Aber die meiste Zeit hab ich auf den Boden geschaut und die Augen halb zugekniffen, weil dann der Rauhreif auf dem Weg so schön geglitzert und getanzt hat.

Und irgendwann hat Stella aufgegeben.

»Ich muß jetzt nach Hause.«

»Wiedersehn«, hab ich gesagt, und das war echt gemein,

weil wir, soweit ich gesehen hab, meilenweit von allem weg waren. Dad gab mir einen kleinen Rippenstoß, um mich an meine Manieren zu erinnern, und ich hab richtig brutal zurückgeboxt und irgendwas in meinen Bart gemurmelt.

»*Wie* war das?«

Aber als er mein Gesicht gesehen hat, wollte er's lieber nicht noch mal hören. Jedenfalls nicht vor Stella.

Die war inzwischen knallrot angelaufen und hat tapfer geradeaus geschaut. Sie ging jetzt noch schneller als ich, und die Stufen zu ihrer Haustür ist sie richtig raufgerannt.

Dann hat sie sich noch mal umgedreht.

»Gute Nacht, Claudia.«

Das war alles.

Da war mir klar, daß sie ihn später noch mal sehen und ihm dann erst gute Nacht sagen würde. Entweder er würde Oma anschwindeln und sagen, er müßte im Café nach dem Rechten sehen, oder er würde irgendeine andere Ausrede erfinden, um noch mal wegzugehen, wenn ich eingeschlafen war. Ich kam mir angeschmiert vor, weil ich mich nur seinetwegen hatte überreden lassen, zu Oma zu gehen. Wenn er sich später noch mal zu Stella fortstahl, dann war ich irgendwie zweite Wahl und unwichtig und hätte genausogut zu Hause bei Mum bleiben können, wo wir uns beide wohler gefühlt hätten.

Ich hatte so einen Haß auf ihn. Den ganzen Rückweg über hab ich kein Wort mit ihm geredet. Und als Oma uns gefragt hat »Na, war's schön?«, da bin ich rausgeplatzt: »Für *ihn* schon, für *mich* nicht!« Dann bin ich nichts wie ins Bett. Ich dachte, Oma würde noch raufkommen und mich zudecken und sagen, ich soll mich nicht aufregen und es wird schon alles wieder gut werden, und in einem Jahr weiß ich bestimmt nicht mehr, was mir vor zwölf Monaten Kummer gemacht hat, und alles, was sie früher immer gesagt hat, um mich aufzumuntern. Aber sie blieb unten und hatte Krach mit Dad. Den ganzen Besuch bei ihr hätte er mir verdorben mit seiner Ungeduld, weil er mich ja unbedingt hätte mitschleppen müssen, damit ich hinter ihrem Rücken »diese Frau« kennenlerne. Wenn so wenig Verlaß auf ihn sei, hat sie gesagt, dann sollte er sich besser nach einer anderen Bleibe umsehen, bis alles geklärt sei.

»Ich soll also zurück zu ihrer Mutter, das hättest du wohl gern!« brüllte er. »Aber falls du's noch nicht kapiert hast: Die will nichts mehr von mir wissen!«

Als ich das hörte, wurde ich so wütend, daß ich die Finger aus den Ohren nahm, aus dem Bett kletterte und zur Treppe rannte.

*»Du sollst sie nicht so nennen!«* schrie ich.

Dad kam in den Flur und schaute zu mir hoch.

»*Wie* soll ich sie nicht nennen?«

*»So!«*

Ich knallte die Tür so fest zu, daß der Kleiderschrank wackelte. Ich hasse es, wenn sie das sagen. »Dein Vater...« »Ihre Mutter...« »Deine Tochter...« Als ob wir, nur weil wir nicht mehr zusammen sind, nicht mal mehr unsere Namen wüßten!

Am nächsten Tag zog Dad bei Oma aus und bei Stella ein. Mum war genauso geschockt wie ich, als sie das hörte. Aber als er mich das nächste Mal holte, war's ihm doch wichtig, ihr zu sagen, daß er sonst nirgends hingekonnt hätte. Das Café gehe so schlecht, da könne er sich's nicht leisten, irgendwo Miete zu zahlen, wo er doch noch für uns und das Haus blechen müsse.

»Das Café würde ja vielleicht besser gehen, wenn du öfter dort aufkreuzen würdest.«

»Das hab ich gern!« lachte er höhnisch. »Rein in die Kartoffeln, raus aus den Kartoffeln! Jahrelang bin ich dir zu oft dort, und dann auf einmal, wenn's dir gerade in den Kram paßt, bin ich nicht oft genug dort!«

Mum machte die Tür auf und wartete schweigend, daß er ging.

»Okay«, sagte er. »Morgen komm ich vorbei und hol meine restlichen Sachen.«

»Sag mir nur, wann, damit ich auch bestimmt nicht da bin.«

So ging das eine ganze Weile. Sie haben kaum noch miteinander geredet. Wenn in der Schule was war, sind sie abwechselnd hingegangen, und wenn irgendwas gefehlt hat, Socken oder Bibliotheksbücher, dann haben sie mir frostige Zettel mitgegeben. Stella hat sich aus allem rausgehalten, so gut sie konnte. Wenn ich Mittwoch nachmittags zu Dad kam, hat sie Überstunden gemacht, und wenn ich übers Wochenende dort war, hat sie stundenlang im Schlafzimmer gesessen und gelesen und die übrige Zeit in der Küche herumgefuhrwerkt. Nur zum Essen hat sie sich zu uns gesetzt.

Und das war furchtbar. Nicht das Essen, das war einmalig. Dad hat nicht umsonst ein Café, und Stella ist auch eine gute Köchin. Ich meine die Gespräche. Stella hat's immer wieder probiert.

»Wie geht's in der Schule?«

»Gut«, antwortete ich kühl.

»Wer ist denn deine beste Freundin?«

»Shreela«, sagte ich genauso kühl. Und dann: »Aber seit ich hierher muß, seh ich sie nicht mehr so oft.«

Da sagte Stella nichts mehr und stocherte nur noch in ihrem Essen herum.

»Wie geht's Natascha?« fragte mein Dad dann zum Beispiel.

»Ganz gut. Sie fährt demnächst in Ferien, mit ihrer Mutter und ihrem Vater.«

Ich hab's nicht gesagt, aber man konnte es förmlich hören: »Die Glückliche!«

»Und Flora?«

»Der geht's bestens, danke.«

Dann probierte Stella es wieder.

»Flora kenn ich noch gar nicht, oder?«

Ich hab nur auf meinen Teller geschaut und ein Gesicht gemacht, als ob ich sagen wollte: »Wieso auch? Was geht dich Flora an? Du bist nicht meine Mutter. Wieso solltest du irgendwas von meinen Freunden wissen?« Wenn ich die Butter haben wollte, hab ich's Dad gesagt, auch wenn Stella näher dran war. Und wenn sie mich was gefragt hat, hab ich geantwortet, ohne sie anzuschauen, und einfach in die Luft geredet, die unsichtbar um mich herum schwebt.

Und die ganze Zeit hab ich an Mum gedacht. Das war das Problem. Ich konnte einfach nicht dasitzen und ganz normal mit Dad und Stella reden, während Mum zu Hause wie wild den Hamsterkäfig putzt oder die Glasschirme von den Wandlampen unter dem Wasserhahn spült oder die Außentreppe mit dem Schlauch abspritzt. So sauber und gepflegt und aufgeräumt wie in den Monaten nach Mums und Dads Trennung war unser Haus noch nie gewesen. Jedesmal wenn ich nach Hause kam, war wieder was anderes frisch gestrichen oder repariert oder poliert. Mum hat mich angeschaut, wenn ich hereinkam, aber sie hat gewartet, bis Dads Auto um die Ecke war, und mich dann erst gefragt: »War's schön?«

Da war's dann wichtig, daß ich sagen konnte: »Nein, nicht besonders. Langweilig war's.«

Warum das Mum – oder mir – half, kann ich nicht erklären. Aber es half. Ich hatte das Gefühl, wenn ich mit Stella klarkomme, wenn ich auch nur ein bißchen mit ihr quatsche, während sie sich ihre silberne Halskette umlegt, wenn ich ihr Blumenzwiebeln für ihre schönen Blumenkästen aus dem Katalog aussuchen helfe, oder wenn ich den tollen grünen Schlafanzug anziehe, den sie mir nachträglich zu Weihnachten geschenkt hat, dann wird für Mum irgendwie alles noch schlimmer, auch wenn sie nicht dabei ist. Ich hatte das Gefühl, wenn ich nach Hause komme und Mum fragt: »War's schön?« und ich sage: »Ja, toll«, dann mach ich genau das gleiche wie Dad: Ich betrüge sie und bin an den ganzen schrecklichen Veränderungen, die ich nicht gewollt habe, genauso schuld wie er.

Aber Stella konnte ich keine Schuld geben. Am Anfang hab ich das getan. Am Anfang hab ich sie gehaßt. Ich dachte, wenn Stella nicht gewesen wäre, dann wäre Dad bei uns geblieben. Aber Shreela hat mich eines Besseren belehrt.

»Er hätte doch jederzeit zurückkommen können«, hat sie gesagt. »Mein Dad ist auch mal abgehauen, aber dann ist er wiedergekommen.«

»Zu Oma hat er gesagt, meine Mum will nichts mehr von ihm wissen.«

Shreela zuckte die Schultern.

»Wir beide hatten doch auch mal Krach, und jetzt sind wir wieder die besten Freundinnen.«

Ich hab endlos darüber nachgegrübelt. Ich konnte mich nicht mehr erinnern, worum es bei dem Streit gegangen war – irgendwas mit Tanzpartnern. Jedenfalls hab ich mich danach nicht mit ihr versöhnt, und sie hat sich nicht mit mir versöhnt. Sie hat sich mit Flora zusammengetan und ich mit Natascha. Ich weiß nicht mehr, wie es kam, daß wir uns wieder vertragen haben. Aber ich weiß noch, daß wir tagelang nicht miteinander geredet haben. Im Klassenzimmer haben wir uns nicht mehr angeschaut, und beim Sport haben wir andere Leute in die Mannschaft genommen und so getan, als ob uns das alles überhaupt nichts ausmacht.

Aber damals waren wir sieben. Und Mum ist vierunddreißig. Und Dad sechsunddreißig.

In der Nacht, als sie die Party gemacht haben, ist er siebenunddreißig geworden. In der Nacht, als ich meinen großen Entschluß gefaßt habe, und zwar schneller, als man zwinkern kann. Als ich hinkam, hab ich sofort gemerkt, daß was Besonderes los war. Erst mal war Dad überrascht, mich zu sehen.

»Ich hab gar nicht gewußt, daß du dieses Wochenende kommst.«

»Mum mußte umdisponieren, weil Oma ihre Arzttermine durcheinandergebracht hat. Wir haben's dir im Café ausrichten lassen.«

»Ach ja, richtig.« Er sah ein bißchen schuldbewußt aus,

als ob er den ganzen Tag noch nicht dort gewesen wäre. Und so war's auch. Die beiden hatten den ganzen Vormittag Einkäufe gemacht, und jetzt stapelten sich in der Küche die Eßsachen, und sie waren wie die Wilden am Schnippeln und Rühren und Mixen und Pürieren. Eine Weile hab ich ihnen dabei geholfen, bis ich soviel genascht hatte, daß es als Mittagessen zählen konnte, aber dann bin ich ins andere Zimmer, um Hausaufgaben zu machen. Es war sowieso klar, daß sie den ganzen Nachmittag mit Kochen beschäftigt sein würden.

Nach einer Stunde oder so kam Stella und fing an sauberzumachen, und ich tat so, als ob ich sie nicht bemerkte.

Sie machte es unheimlich gründlich, rückte Möbel weg und wischte und polierte, bis alles nur so blitzte. Ab und zu sagte sie etwas zu mir, aber ich hab entweder nur irgendwas gebrummt und so getan, als ob ich furchtbar beschäftigt wäre oder bei dem Geklapper aus der Küche nichts gehört hätte. Dann holte sie das Besteck und verteilte es auf dem Tisch.

Durch meinen Haarvorhang hab ich sie genau beobachtet. Soviel ich sehen konnte, deckte sie für sieben Personen.

»Willst du wissen, wer alles kommt?« fragte sie mich.

Ich zuckte die Schultern, als ob mir das völlig egal wäre und ich sowieso nicht richtig zugehört hätte.

Man merkte, daß sie Mühe hatte, die Namen zusammenzukriegen.

»Barney und Mary. Und George. Und eine gewisse Linda, die ab und zu im Café bedient.«

Dads Freunde. Und genau in dem Moment kam er ins

Zimmer. Ich traute mich nicht, Stella weiter die kalte Schulter zu zeigen, und sagte: »Das sind aber nur sechs, und du hast für sieben gedeckt.«

Sie sah mich an.

»Und was ist mit dir?«

»Aber ihr habt mich doch gar nicht erwartet.«

»Nein«, sagte sie vergnügt. »Aber jetzt bist du da, und je mehr wir sind, desto besser.«

Ich fragte mich, ob sie das mit Dad abgesprochen hatte. Wenn's nach ihm gegangen wäre, hätte er mich mit einem Tablett voll Essen ins Bett geschickt, das wußte ich. Also blieb ich stur: »Ich eß lieber oben, allein.«

Sie hörte auf, die Gabeln hin und her zu schieben.

»Ist das dein Ernst?«

»Ja«, sagte ich mit fester Stimme. Und es stimmte auch.

»Im Bett? Im Nachthemd?«

Ich nickte und hatte ein bißchen ein schlechtes Gewissen, weil sie offensichtlich gemerkt hatte, daß ich den grünen Schlafanzug nie anzog.

»Wenn Dad nichts dagegen hat«, sagte ich, als ob sie das eigentlich nichts anginge.

»Nein, ich hab nichts dagegen.« Man merkte, wie froh er war. Wenn einer seine alten Freunde zum Essen einlädt, damit sie seine neue Freundin kennenlernen, dann will er wahrscheinlich nicht unbedingt, daß seine Tochter am Tischende sitzt und sie und ihn anstarrt, wenn sie erzählen, wie sie sich kennengelernt haben, wie alles läuft und was für Zukunftspläne sie haben. Er hat mein Tablett vollgepackt mit allem, was ich mag, und mir eine riesige Portion Pudding gegeben, und dann bin ich ins Bett.

»Gemütlich?« fragte Stella. Sie deckte mich zu wie ein Baby und setzte das Tablett auf der Bettdecke ab.

Ich nickte und breitete die Decke wie eine riesige Serviette über mein Nachthemd.

Es klingelte.

»Wünsch mir Glück«, sagte sie, und erst jetzt merkte ich, wie nervös sie war. Sie wußte so gut wie ich, daß Dads Freunde sie genau unter die Lupe nehmen würden. Sie würden sich fragen, ob sie sie mögen würden, warum Dad ihretwegen von zu Hause fortgegangen war und ob ich eine böse Stiefmutter bekommen würde.

Ich konnte ihr einfach kein Glück wünschen. Wie denn auch? Wenn sie Erfolg hatte, wurde es für meinen Dad um so schwerer, nach Hause zurückzukommen. Deswegen tat ich so, als ob ich mich an einer Partytomate verschluckt hätte und nicht sprechen könnte.

Sie wußte, daß ich Theater spielte, aber sie sagte nur: »Komm runter, wenn du irgendwas möchtest, egal was.«

Und dann ging sie, wie jemand, der tapfer aufs Schafott steigt.

Es klingelte. Und dann klingelte es noch einmal. Und als ich hörte, wie Dads Freunde hereinkamen und mit ihm in die Küche gingen, um ihren Drink in Empfang zu nehmen, kam mir plötzlich eine Idee. Ich wollte mich hinter dem riesigen Farn oben im Flur verstecken und lauschen. Ich würde alles mitbekommen. Wenn vier Leute höfliche Fragen stellten, wie zum Beispiel »Was habt ihr denn jetzt vor?« und »Sucht ihr euch eine andere Wohnung?« und »Wollt ihr irgendwann heiraten?«, dann würde ich alles herauskriegen, was ich wissen wollte und mich nicht zu fragen traute. Seit Wochen hatte ich das Gefühl, daß mir das alles einfach passierte. Andere beschlossen etwas und führten es durch, und obwohl es mich genauso betraf wie sie, sagten sie's mir erst hinterher. Und davon hatte ich die Nase voll. Wenn ich wußte, was sie vorhatten, würde ich mich viel sicherer fühlen.

Ich aß mein Tablett bis auf den letzten Happen leer. Dann stieg ich aus dem Bett und packte den grünen Schlafanzug aus. Toll. Ganz toll. Genau der richtige Grünton!

Und ab ging's zu dem Farn, so leise, daß es unten niemand hörte. Da saß ich dann und bekam jedes Wort mit.

Und es waren mehr als genug. Worte, meine ich. Das Essen zog sich endlos hin. Sie redeten über Gott und die Welt. Autos, Verkehr, Wetter – sie ließen nichts aus, was langweilig war. Aber die ganze Zeit kein Wort über Mum oder Dad, über mich oder Stella. Ich merkte, daß sie unheimlich aufpaßten, um nur ja nichts zu sagen, was irgendwie Probleme machen konnte. Eine Ewigkeit ging das so. So was von langweilig! Immobilienpreise. Griechenlandurlaub. Ich wär fast eingeschlafen.

Wenn mir nicht etwas aufgefallen wäre. Kein Mensch redete mit Stella. Sie zeigten ihr nicht direkt die kalte Schulter, aber sie redeten nicht mit ihr. Sie redeten mit Dad oder in die Luft – genau wie ich. Die Zeit verging, und niemand erwähnte das leckere Essen – da hätten sie sich ja bei Stella bedanken müssen –, niemand bewunderte den schön gedeckten Tisch – er hätte ja Stellas Werk sein können –, niemand fragte sie nach ihrem Beruf, ihrer Familie, ihrer Meinung. Loyaler hätten sie sich meiner Mum gegenüber kaum verhalten können. Sie wollten und konnten sich nicht mit Stella anfreunden.

Sie ignorierten sie einfach.

Sie waren wie ich.

Und ob ich wollte oder nicht: Sie tat mir leid. Sie hatte sich so viel Arbeit gemacht. Ich hatte es ja gesehen. Den ganzen Tag hatte sie geschuftet, um alles schön herzurichten. Und sie behandelten sie, als ob sie eine Art Gespenst wäre. Sie lächelten ihr vage zu, wenn es sein mußte, sie beantworteten höflich ihre Fragen und reichten ihr die Butter.

Aber im Grunde ignorierten sie Stella.

Und das war gemein. Richtig gemein. Es klingt vielleicht komisch, aber nur weil ich da oben im Flur saß, hab ich gemerkt, wie gemein es war. Und daß es Mum nicht mal was nützte. Sie war ja nicht dabei. Was zwischen Mum und Dad schiefgegangen war, ging Mary und Barney sowieso nichts an. Oder George. Oder Linda. Es ging nur meine Mum und meinen Dad was an. Wenn sie Stella behandelten, als ob sie unsichtbar wäre, dann half das niemandem. Shreela und ich haben Flora und Natascha ja auch nicht die Schuld gegeben, als wir uns verkracht hatten. Wir haben uns gegenseitig die Schuld gegeben. Das war wenigstens fair.

Und in dem Moment faßte ich meinen Jahrhundertentschluß. Ich kam hinter dem Farn vor und stellte mich im Schlafanzug oben an die Treppe, wo mich alle sehen konnten: eine wandelnde Riesenzimmerpflanze.

Dann sauste ich hinunter.

»Sieh mal an!« sagte Dad. »Kommst du guten Tag sagen?«

Aber ich beachtete ihn nicht. Ich ging zu Stella.

Sie drehte sich auf ihrem Stuhl zu mir herum.

Ich sah ihr in die Augen. Ich sprach sie mit ihrem Namen an.

»Stella«, sagte ich, »das ist der Schlafanzug, den du mir gekauft hast. Schön, was?«

Dann drehte ich mich ganz schnell um und ging zur Treppe zurück. Da blieb ich noch mal stehen.

»Toll ist der«, sagte ich. »Danke.«

Ich rannte hinauf.

Ein paar Minuten lauschte ich noch, dann hatte ich keine Lust mehr. Ich war so vollgefressen und schläfrig, und irgendwie war's mir jetzt auch nicht mehr so wichtig, was die Leute reden, wenn ich nicht dabei bin. Wie sagt Oma immer? Ich soll mich nicht aufregen, und es wird schon alles wieder gut werden, und in einem Jahr weiß ich bestimmt nicht mehr, was mir vor zwölf Monaten Kummer gemacht hat. Ich blieb nur so lange, bis ich sicher war, daß alle kapiert hatten. Und das hatten sie. Mary fragte Stella sofort, wo sie den schönen Schlafanzug her hätte. Und George sagte, es sei nicht zu fassen, daß Stella genau die richtige Größe erwischt hätte.

Viel war das vielleicht nicht. Aber es war ein Anfang.

Und dann kam das Gespräch natürlich aufs Einkaufen. Zum Davonlaufen langweilig! Da bin ich dann ins Bett. Aber in den paar Minuten hatte Stella spitzgekriegt, wo ich war und zweimal zu mir raufgeschaut.

Und beide Male hat sie mir zugezwinkert.

Und ich hab zurückgezwinkert.

Viel war das nicht. Aber es war ein Anfang.

Pixie meldete sich als erste zu Wort.

»Schade, daß du ihn nicht dabeihast. Den grünen Schlafanzug mein ich.«

»Ich bin rausgewachsen«, erwiderte Claudia. »Bestimmt schon vor einem Jahr.«

»Dann lag deine Oma aber ganz schön daneben«, platzte Ralph heraus. »Du weißt ja doch noch, was dir vor einem Jahr Kummer gemacht hat.«

Claudia überhörte den Einwand.

»Ich hab ihn in kleine Vierecke geschnitten, und die sind jetzt ein Teil von meiner neuen Tagesdecke«, sagte sie zu Pixie. »Stella hat mir gezeigt, wie man einen Quilt näht. Sie hat mir überhaupt eine Menge beigebracht. Landkarten lesen, Stecker auswechseln, Schlittschuh laufen und –«

Colin sah auf.

»Wo läufst du denn Schlittschuh?«

Claudia sah ihn an.

»Da, wo du auch läufst.«

Colin schien verwirrt.

»Woher weißt du das?«

»Ich hab dich gesehen. Ich seh dich fast jedesmal. Aber du bist früher da als ich. Wenn ich komme, sitzt du immer schon auf der Bank.«

»Kannst du gut Schlittschuh laufen?« wandte Robbo sich neugierig an Colin.

Colin wurde puterrot.

»Nicht besonders«, murmelte er.

»Aber du mußt doch perfekt sein«, meinte Claudia. »Du bist doch dauernd da. Kannst du den Rittberger?«

»Nicht sehr gut.«

Er sah immer noch schrecklich verlegen aus.

»Kannst du den Halbaxel?« fragte Ralph plötzlich und sah ihn eindringlich an.

Robbo beugte sich vor.

»Ralph, den –«

Doch Ralph schnitt ihm das Wort ab.

»Colin soll selbst antworten.«

Also antwortete Colin.

»Nein, nicht sehr gut.«

»Kein Wunder«, sagte Robbo. »Den gibt's nämlich gar nicht.«

Colin errötete noch tiefer und wandte sich Ralph zu.

»Das ist gemein von dir, mich so reinzulegen.«

»Ich versteh nicht«, sagte Ralph, »wieso du dauernd in der Eishalle rumhängst, wo du doch gar nicht läufst.«

»Ist das eine Geschichte?« fragte Pixie aufgekratzt. »Wenn's eine ist, dann mußt du sie erzählen.«

»Ja«, beharrte Claudia. »Ich hab meine auch erzählt. Jetzt bist du dran.«

»Es ist keine Geschichte«, sagte Colin. Aber sie saßen bereits alle im Schneidersitz auf ihren Betten und sahen ihn an, als wäre es eine.

So in die Enge getrieben, fing er an zu erzählen.

## Colins Geschichte:

## *Der blaue Vogel des Glücks*

Sein Gesicht wirkte im Mondlicht noch blasser.

»Ich hab meinen richtigen Vater nie gekannt«, erzählte er. »Mum ist ein paar Wochen nach meiner Geburt von ihm weg. Sie sagt, er war ein ziemlicher Radaubruder und ohne ihn waren wir ein ganzes Stück sicherer, also tut's mir nicht leid um ihn.«

Er spreizte die Finger auf seiner Decke, wo sie bleich schimmerten wie Rinnsale verschütteter Milch.

»Dann hat sie meinen Dad kennengelernt. Ich nenn ihn so, weil ich erst acht Monate alt war, als er kam. Er sieht mir auch ein bißchen ähnlich. Seine Haare sind dunkel wie meine, nur über den Ohren grau. Er kann praktisch alle Lieder, die ihr je gehört habt, auswendig und dreht sich seine Zigaretten selbst, mit Tabak aus der Dose. Und er kann auf keiner Parkbank sitzen, ohne daß sämtliche Hunde aus der ganzen Gegend ankommen und ihn begrüßen. Manchmal laufen sie ihm bis vor die Tür nach.«

Er wandte sein schmales Gesicht gegen das bleiche silberne Licht, das durch das Turmfenster hereinströmte.

»Ich nenne ihn nur Dad, aber für mich hat er jede Menge Namen: Col, Collie, Sonnyboy, Junge, Blauer Vogel –«

»Wieso Blauer Vogel?« wollte Ralph wissen.

»Keine Ahnung.«

»Hast du ihn nicht gefragt?«

»Nein.«

»Schsch!« schimpfte Claudia. »Meine Oma sagt immer: ›Ein geliebtes Kind hat viele Namen.‹ Laß Colin die Geschichte weitererzählen.«

»Es ist keine Geschichte«, sagte Colin. »Da gibt's nichts zu erzählen. Es ging einfach so weiter. Meine Mum hat als Verkäuferin gearbeitet, und deswegen hat Dad mich zur Schule gebracht und abgeholt. Er hat mir Essen gemacht und ist mit mir in den Park. Auf dem Spielplatz bin ich immer bis zur Querstange hochgeschaukelt, und dann hab ich mich so weit zurückgelehnt, daß beim Runterschwingen meine Haare über die Sägespäne gestreift sind und die Wolken unter meinen Füßen vorbeigeflitzt sind.

Da hat er mich dann immer aufgezogen: ›Was glaubst du, wer du bist? Der blaue Vogel des Glücks?‹

Und dann hat er sich noch eine Zigarette gedreht, und wir sind nach Hause. Und unterwegs mußten wir die Hunde wegscheuchen, die uns nachgelaufen sind.«

Colin verstummte. Auch die anderen schwiegen einen Augenblick, dann sagte Claudia: »Und dann?«

»Und dann« fuhr Colin fort, »dann haben meine Mum und ich die Fliege gemacht.«

»Die was?«

»Die Fliege. Wir sind weggezogen.«

»Wieso?«

»Weiß ich auch nicht. Sie hat's mir nie richtig erklärt. Wenn ich gemotzt hab, dann hat sie davon geredet, daß Dad nie versucht hat, eine anständige Arbeit zu kriegen, und daß mehr zum Leben gehört als nur herumzusitzen und zu singen und Selbstgedrehte zu rauchen. Aber das war erst später. Vorher hat sie mir überhaupt nichts gesagt. Sie hat gewartet, bis Dad zu seiner Schwester ist – einmal im Monat war er einen Tag dort –, und dann kamen zwei Freunde von ihr mit einem Transporter und haben fast die ganzen Möbel und alle meine Kleider und Spielsachen eingepackt, und wir sind weg. Ich hab erst gar nicht gemerkt, daß Dad nicht mitkommt. Ich hab gesehen, daß Mum seine Kleider und Kassetten und das ganze Zeug mitten in einem leeren Zimmer auf einen Haufen legte, aber ich hab immer noch nicht geschaltet. Ich kam gar nicht auf die Idee, daß er nicht mitkommt, und deshalb hab ich eine Tabaksdose aufgehoben, die in die Ecke gerollt war, und hab sie in die Tasche gesteckt. Im Auto hab ich Mum dann gefragt: ›Wer zieht denn jetzt in unsere Wohnung?‹

Und einer von den Leuten, die ihr geholfen haben, hat geschnaubt und gesagt: ›Jack wird jedenfalls nicht drin bleiben, da müßte er schon ziemlich plötzlich einen Job finden.‹

Mum hat ›Schsch!‹ gemacht und ihn so komisch von der Seite angeschaut. Und nach der nächsten Kurve sah ich ein riesiges Schild, auf dem AUTOBAHN stand, und auf einmal war mir schlecht.

›Wo fahren wir denn hin?‹

›Dahin, wo's schön ist.‹

Aber das hat nicht gestimmt. Für mich war's nicht schön. Erst mal mußte ich auf eine andere Schule, wo alle schon ihre Freunde hatten. Niemand hat mich beachtet, nur wenn ich nichts von dem ganzen Kram verstanden hab, den sie da gemacht haben, dann haben sie gekichert. Dann hat Mum Arbeit gefunden, in einer Kantine, und wenn sie nach Hause kam, hatte sie immer so viel zu tun mit Essenmachen und Kleider für den nächsten Tag Raussuchen, daß sie gar nicht zugehört hat, wenn ich was von der Schule erzählt hab. Sie war auch zu müde, um selbst viel zu erzählen, außer daß sie von dem Lärm in der Kantine Kopfschmerzen hat und ihr vom vielen Stehen die Füße weh tun. Es war ganz anders als mit Dad. Mit Dad kann man richtig reden, und er merkt sich, was man sagt. Er wußte die Namen von allen meinen Freunden und mit wem ich gerade Streit hatte. Er wußte, welches meine Lieblingstiere waren und wie ich meinen Hund nennen würde, wenn ich einen hätte. Er wußte, welche Lehrer ich mochte und welche nicht, was für Batterien in meine Lieblingsspielsachen mußten, wovor ich nachts manchmal Angst hatte und welche Witze er mir nicht erzählen konnte, weil er sie von mir selber hatte.«

»Der muß echt nett gewesen sein«, sagte Pixie träumerisch.

»Er *ist* echt nett«, bekräftigte Colin. »Er ist mein Dad!«

»Eigentlich dein Stief-Dad«, verbesserte Ralph mechanisch.

»Mein Dad«, widersprach Colin trotzig.

»Erzähl die Geschichte weiter, Colin«, ließ Claudia sich vernehmen. Ihre Stimme hatte einen warnenden Unterton, aber alle wußten, daß er nicht Colin galt, sondern Ralph.

»Da gibt's keine Geschichte«, sagte Colin. »Ich hab Mum eben immer wieder gelöchert: ›Wann kommt Dad?‹ ›Wann ist er da?‹ ›Kommt er zu meinem Geburtstag?‹ Und jedesmal kam sie mit den gleichen Sprüchen. ›Bald.‹ ›Sobald es geht.‹ ›Wenn er kann.‹ Aber ich wußte, daß da was nicht stimmt, weil sie auch andere Sachen gesagt hat. ›Für dich war das natürlich in Ordnung‹, hieß es immer wieder. ›Du hast nur seine guten Seiten gesehen. Was weißt du schon?‹ So in der Art. Und wenn ich ihn verteidigt hab, dann wurde sie stinksauer. Also hab ich's gelassen.«

»Ich war so blöd«, sagte er, »so unheimlich blöd. Es hat eine Ewigkeit gedauert, bis ich kapiert hab, daß er nicht nachkommt, und noch eine Ewigkeit, bis mir klarwurde, warum. Er konnte nicht. Mum hatte ihm keine Adresse hinterlassen. Einmal kam ich auf Strümpfen in die Küche und hab gehört, wie sie am Telefon gesagt hat: ›Halt einfach den Mund.‹ Dann hat sie aufgeschaut und mich gesehen. Da wußte ich Bescheid.«

Er wandte sich um, und sein dunkles Haar schimmerte im Mondlicht silbern.

»Und mir wurde klar, daß ich selber was tun muß.«

»Und was hast du getan?« fragte Pixie.

»Ich hab ihm einen Brief geschrieben.« Er hielt inne und betrachtete seine Hände auf der Decke. »Furchtbar muß der gewesen sein. Meine Schrift ist immer noch schlimm, aber damals war sie noch schlimmer. Und ich konnte niemanden um Hilfe bitten, weil es ja geheim bleiben mußte. Ich hab mich auch nicht getraut, es Mum zu sagen, weil –«

Er brach ab.

»Weil sie sonst vielleicht sauer auf dich gewesen wär«, ergänzte Pixie.

Aber es war Claudia, die den wahren Grund erriet.

»Nein«, verbesserte sie. »Weil sie sonst gesagt hätte, sie wirft den Brief ein, und dann hätte sie ihn weggeschmissen.«

Colin beschäftigte sich angelegentlich mit einem Fädchen an seinem Schlafanzugärmel.

»Es war sowieso egal«, wehrte er ab. »Ich hab keine Antwort gekriegt. Wahrscheinlich war er schon längst aus der Wohnung raus. Vielleicht stand sie leer, und der Brief lag einfach auf der Fußmatte. Oder vielleicht war's denen, die nach uns eingezogen sind, zu blöd, sich um anderer Leute Post zu kümmern.«

»Hör mal«, warf Robbo ein. »Er kann doch nicht einfach verschwunden sein. Er war doch dein Dad!«

»Stief-Dad«, wiederholte Ralph.

»Dad«, korrigierte Colin erneut. »Aber ihr versteht nicht. Er ist ja nicht verschwunden. Wir sind verschwunden.«

»Aber als deine Mum gemerkt hat, wie dich das mitnimmt, da hat sie doch bestimmt –«

Robbo brach ab. Colin starrte ihn zornig an. »Hör mal«, sagte er. »Sie hat doch nicht gewollt, daß es so kommt. Aber sie hatte eben schon mal weglaufen und sich in Sicherheit bringen müssen, und da dachte sie, es wär besser so.« Er wandte sich wieder zum Fenster und blickte über die mondbeschienenen Rasenflächen. »Ich hab ja probiert, es ihr zu erklären. Immer wieder hab ich's probiert, bis sie schließlich sauer auf mich wurde. Sie konnte nicht anders. ›Er ist nun mal nicht mehr bei uns‹, hat sie gesagt, ›und damit basta. Irgendwann wirst du verstehen, daß es so am besten ist.‹«

»Für sie vielleicht«, höhnte Pixie. »Aber nicht für dich.«

Aber Colin sah nur weiter in die Nacht hinaus und tat so, als hätte er nichts gehört.

»Ihn einfach so abzuservieren!« beharrte Pixie. »Deinen eigenen Dad!«

»Stief-Dad«, korrigierte Ralph zum dritten Mal, und als Colin nicht protestierte, setzte er noch eins drauf. »Eigentlich war er nicht mal dein Stief-Dad. Höchstens wenn sie verheiratet gewesen wären. Oder wenn er sich die Mühe gemacht hätte, dich zu adoptieren.«

Colin kehrte ihnen noch immer den Rücken zu.

»Ich versteh einfach nicht«, sagte Pixie eigensinnig, »wieso Colin mit seinem Dad Schluß machen mußte, nur weil seine Mutter mit ihm Schluß gemacht hat.«

Colin fuhr herum.

»Ich hab nicht mit ihm Schluß gemacht! So war das nicht! Ihr habt ja keine Ahnung.«

»Aber du hast doch gesagt –«

Claudia trat gegen Pixies Bett.

»Schsch!« machte sie streng. »Laß Colin doch erklären. Colin, erzähl deine Geschichte weiter!«

»Es ist keine Geschichte. Es ging einfach so weiter.« Colin schaute Pixie böse an. »Aber ich hab nicht mit ihm Schluß gemacht. Ich hab –« Er hielt inne. »Also, ich hab –«

Er spreizte von neuem die Finger, blickte auf sie hinab und versuchte es noch einmal.

»Ich hab nicht mit ihm Schluß gemacht. Ich hab nur so getan. Jeden Abend hab ich die Tabaksdose aus ihrem Versteck in meiner Stiefelspitze geholt und sie unter mein Kopfkissen gelegt. Und dann hab ich ganz leise, damit Mum es nicht hört, unser Lieblingslied gesummt. Und wenn ich damit fertig war, hab ich die Dose aufgeschraubt. Es waren nur ein paar alte Tabakkrümel drin, aber –«

Wieder hielt er inne und sah die anderen an. Und sie sahen ihn an. Claudia biß sich sogar auf die Unterlippe. Aber niemand lachte ihn aus.

Da fuhr er tapfer fort: »Aber es hat noch genauso gerochen. Wie früher, wenn ich meinen Kopf an seinen Pulli gekuschelt hab oder mich zu ihm in den Sessel gequetscht und ferngesehen. Ich hab mir vorgestellt, er wär bei mir, und dann konnte ich mit ihm reden, genau wie früher.«

Er holte tief Luft.

»Ich bin stundenlang wachgeblieben und hab mit ihm geredet, obwohl er gar nicht da war.«

Helle Silbertränen quollen aus seinen Augen und tropften auf die Bettdecke.

»Ich stell mir auch manchmal was vor«, tröstete Claudia ihn.

»Das macht doch jeder«, warf Ralph ungeduldig ein. »Erzähl weiter, Colin.«

Aber Colin hatte den Faden verloren.

»Echt?« Er wischte sich die Tränen fort und fragte Pixie: »Echt? Du auch?«

»Klar«, erwiderte Pixie. »Ralph hat recht. Das macht jeder.«

Colin wandte sich an Robbo.

»Du auch?«

Robbo war sichtlich zutiefst verlegen.

»Nicht bei meinem Dad.«

»Aber du tust es?«

Robbo zögerte.

»Natürlich tut er's«, warf Ralph gereizt ein. »Los, Colin, erzähl die Geschichte weiter!«

»Ich hab doch gesagt, es ist keine Geschichte. Ich hab nur mit der Zeit Probleme in der Schule gekriegt, weil ich immer fast eingeschlafen bin. Ich wurde zu so einer Frau geschickt, weil ich so schlecht war, aber sie hat gesagt, mit meinem Gehirn ist alles in Ordnung und da muß jemand anderer ran. Der kam dann zu uns nach Hause und hat mit Mum geredet, und Mum hat ihm erzählt, ich wär nach dem Umzug erst ein bißchen daneben gewesen, aber bald wär ich drüber weg gewesen.«

»Klar!« spottete Pixie.

»In Null Komma nichts hat er sich dran gewöhnt!« höhnte Ralph.

»Und fast vergessen, wie's früher war«, murmelte Robbo.

»Und jetzt ist alles in bester Butter«, seufzte Claudia.

»Sie hat bestimmt nicht absichtlich gelogen«, verteidigte Colin seine Mutter. »Es hat eben nur nicht gestimmt, was sie gesagt hat. Der Mann hat drei Tassen Kaffee getrunken, und die ganze Zeit hat Mum kein Wort von Dad gesagt. Als er sie nach ihm gefragt hat, hat sie so getan, als ob er den anderen meint. ›Ach‹, hat sie gesagt, ›Colin war noch ein Baby, als er seinen Vater zum letzten Mal gesehen hat.‹ Ich hab gelauscht. Genauso hat sie's gesagt.«

»Und was hast du gesagt?« wollte Robbo wissen.

Colin rückte unbehaglich hin und her.

»Ja, das war schwierig«, sagte er. »Also, bei meiner Mum ist das so –«

Er holte tief Luft und nahm einen neuen Anlauf.

»Versteht mich nicht falsch. Ich hab sie lieb und so, nur hab ich manchmal das Gefühl, sie denkt, was uns beiden passiert, passiert in Wirklichkeit nur ihr allein. Als wär's nicht so wichtig, wie's mir dabei geht.«

Pixie faßte unter ihr Kopfkissen und zog das Album hervor. Sie hielt es in die fahle Lichtbahn, die über dem Fenstersims ins Zimmer fiel, und blätterte es von hinten nach vorn durch.

»›Was ist mit mir?‹« las sie vor. »›Ich wünsche meiner Mutter Glück, das versteht sich von selbst. Aber ist mein Glück unwichtig? Gelte ich weniger? Soll ich immer nur lächelnd nicken und ein tapferer Junge sein, jetzt, da nichts mehr ist, wie es war, und alles, was ich einst geliebt habe, anders geworden ist? Nein, nicht nur anders: Ich spreche es aus –‹«

Doch es war Colin, der es aussprach: »›Schlechter!‹«

Dann schwiegen sie, bis Robbo sagte: »Manche Sachen ändern sich nicht groß, was?«

Ralph machte eine wegwerfende Handbewegung.

»Weiter«, forderte er Colin auf. »Was war dann?«

»Nichts. Das sag ich doch die ganze Zeit. Es ist keine Geschichte. Mum und ich haben eben so weitergemacht, nur daß sie eines Tages, als ich von der Schule nach Hause kam, meine Stiefel weggeschmissen hatte.«

Pixie war entsetzt.

»Mit der Tabaksdose drin? Die hat ja Nerven!«

»Es war nicht ihre Schuld. Die Stiefel waren schon ein paar Jahre alt und viel zu klein. Mum wußte ja nicht, daß was drin versteckt war.«

»Konntest du's ihr nicht sagen? Konntest du die Stiefel nicht wiederkriegen?«

»Wie denn?« erwiderte Colin. »Das mit der Tabaksdose

war doch ein Geheimnis. Sie wär bestimmt nicht begeistert gewesen, wenn sie's gewußt hätte.« Er ließ seine Finger durch den Mondlichtstreifen wandern, der auf das Bett fiel. »Aber es war sowieso egal. Ich hab trotzdem jede Nacht stundenlang wachgelegen. Und in der Schule war ich immer noch ein hoffnungsloser Fall.« Er ließ seine Finger wieder zurückwandern. »Das bin ich auch jetzt noch, sogar in dieser Schule. Und ich krieg immer noch Probleme mit den Lehrern. Irgendwie hacken immer alle auf mir rum, sogar meine Mum. Aber wozu erklären, wie man sich fühlt? Was dann passiert, ist sowieso klar. Alle tun so, als ob sie richtig zuhören, aber in Wirklichkeit wollen sie dich nur weichkriegen, damit du selber zuhörst, wenn sie dir sagen, was sie sich schon die ganze Zeit überlegt haben. Und das ist auch immer das gleiche: ›So ist es nun mal, Colin, du wirst dich schon dran gewöhnen.‹«

Seine dunklen Augen blitzten.

»Aber ich hab mich nicht daran gewöhnt! Und das werd ich auch nicht! Ich denke jeden Tag an ihn. Ich geb mir ja Mühe in der Schule und alles, aber es ist, als ob hinter der nächsten Ecke etwas lauert. Immer wieder kommt es plötzlich vorgeschossen und packt mich. Ich hör den Namen Jack oder geh an jemandem vorbei, der genau so eine Jacke anhat wie er. Oder ich hol mir Kaugummi, und da seh ich das Zigarettenpapier, das er sich immer gekauft hat.«

Er hob abwehrend den Kopf.

»Letzte Woche hab ich eine Geburtstagskarte gesehen, die ihm unheimlich gut gefallen hätte. Da war ein alter Mann drauf, dem eine Schar Straßenköter nachläuft. Ich hab sie in die Hand genommen und eine Ewigkeit im Laden rumgetragen.«

Alle warteten.

»Dann hab ich sie zurückgestellt.«

»Colin«, sagte Pixie nach einem unbehaglichen Schweigen, »wie lange ist es denn her, seit du ihn zuletzt gesehen hast?«

Colin drehte sich zum Fenster.

»Fünf Jahre.«

»Fünf Jahre???«

Er wandte ihnen weiter den Rücken zu.

»Fünf Jahre, acht Monate und sieben Tage.«

Er legte die Handflächen auf den Fenstersims und beugte sich so weit vor, daß seine Stirn die Scheibe berührte.

»Mum denkt wahrscheinlich, ich hab ihn vergessen. Zu Hause rede ich nie von ihm. Aber obwohl ich weiß, daß er nicht mehr da wohnen kann, schreibe ich immer heimlich seinen Namen und unsere alte Adresse auf alle Formulare, die Mum für die Schule ausfüllen muß, damit man sieht, daß er noch wichtig ist und daß er immer noch mein Dad ist.«

Er straffte sich ein wenig.

»Aber ich rede nie mehr mit Mum über ihn. Nie mehr. Das gehört zu meinem Plan. Ich hab nämlich angefangen zu sparen. Ich spare eine ganze Menge, praktisch jeden Penny, den ich kriege. Ich hab drei verschiedene Zeitungsausträgerbezirke. Und das Geld hab ich gut versteckt, viel besser als in meinen Stiefeln. Bald hab ich genug zusammen.«

»Genug wofür?«

»Um hinzufahren und ihn zu suchen.«

Er drehte sich um. Das Mondlicht hinter ihm vertiefte die Schatten auf seinem Gesicht und ließ ihn um Jahre älter erscheinen.

»Sobald ich alt genug bin, hau ich ab. Jetzt wär's noch zu früh. Sie würden mich nur zurückholen und mir Schwierigkeiten machen. Also warte ich erst mal ab. Ich warte und hoffe.«

»Und hörst dir in der Eishalle die Musik an«, sagte Claudia.

Er grinste.

»Mum erklärt mich für verrückt. Sie kapiert überhaupt nichts. Vor meinem Geburtstag und vor Weihnachten fragt sie mich immer: ›Möchtest du nicht einen Kassettenrecorder? Möchtest du nicht mal ein Radio?‹ Aber ich sag jedesmal nein und nehm lieber das Geld. In der Eishalle klingt es sowieso besser. Da stellen sie die Musik richtig laut, so daß es von den Wänden widerhallt. Das klingt so stark und fröhlich, so wie er, und wenn ich die Augen zumache, dann kann ich mir vorstellen, daß er immer noch irgendwo da draußen auf einer Parkbank sitzt und sich Zigaretten dreht und ganz laut singt.«

Er wandte sich wieder zum Fenster und begann leise zu summen.

»Los«, sagte Claudia, »sing den Text.«

Colin unterbrach sein Summen und sagte: »Den heb ich mir auf, bis ich ihn finde.«

»Welchen Text?« wandte Ralph sich an Claudia. »Den Text wovon?«

»Von seinem Lieblingslied«, erklärte Claudia. *»Der blaue Vogel des Glücks*. Das spielen sie immer in der Eishalle, jede Stunde oder so.«

Das Summen brach erneut ab.

»Jede Dreiviertelstunde«, verbesserte Colin und summte weiter.

Claudia überging den Einwurf.

»Es handelt davon, daß man dem blauen Vogel um die ganze Welt folgt, und dann das Glück doch dort findet, wo man losgegangen ist.«

Sie hörten zu, bis Colin geendet hatte. Dann sagte Robbo:

»Du findest ihn bestimmt, Colin. Das ist wie mit den Geschichten, wo man einfach immer weiterlesen muß, bis man zum Happy-End kommt.«

»Ich drück dir die Daumen«, sagte Ralph.

»Ich auch, ich auch«, fielen die anderen ein.

»Du schaffst das!« rief Robbo triumphierend. »Ihr kommt wieder zusammen, du und dein Dad! Ende der Geschichte!«

Und in dem allgemeinen Broteherumreichen und -auspacken, das darauf folgte, registrierte nur Claudia, daß Ralph diesmal gar nicht gesagt hatte, Colins Vater sei nur ein *Stief*vater, und daß Colin ganz vergessen hatte zu betonen, daß seine Geschichte eigentlich gar keine Geschichte sei.

## Ralphs Geschichte:
## *Das Märchen von den drei Stiefmüttern*

Ralph faßte nach oben und schaltete das Licht an.

»Meine ist keine Schauergeschichte«, sagte er, klappte sein Brot auf und beäugte argwöhnisch den Belag. »Aber kompliziert ist sie, ihr müßt also aufpassen.« Er legte das Brot beiseite und zählte an den Fingern ab: »Ich hab zwei Brüder, zwei Halbbrüder, eine Halbschwester, drei Stiefbrüder, eine Stiefschwester, drei Stiefmütter – zwei frühere und die jetzige –, einen Stiefvater, zwei Stiefgroßmütter und einen Stiefgroßvater. Und das sind nur die, die ich kenne; es gibt noch mehr, aber die kenn ich nicht. Und demnächst, wenn Flora ihr Baby kriegt, hab ich noch eine zweite Halbschwester.«

Er hielt verwirrt inne, als wäre er beim falschen Finger gelandet.

»Ach so, ja!« sagte er. »Und Mum und Dad natürlich.«

Dann fuhr er befriedigt fort: »Montags und donnerstags geh ich nach der Schule direkt zu Dad. Und jedes zweite Wochenende fährt Mum mich zu ihm, wenn es nicht gerade der dritte Samstag im Monat ist – da geht sie zum Friseur. Dann fährt mich mein Stiefvater. Howard heißt er.«

Er sah sich um, als wollte er sich vergewissern, daß sie noch zuhörten.

»Dienstags, mittwochs und freitags geh ich nach der

Schule nach Hause, zu Mum, nur wenn mein Dad am Wochenende – an seinem Wochenende – keine Zeit hat, geh ich zu ihm, außer mittwochs. Donnerstagmorgens hab ich nämlich Orchester, und mein Horn hab ich zu Hause, außer wenn wir kurz vor einem Konzert auch sonntags proben und ich am Sonntag davor bei ihm war.«

»Hör auf!« rief Pixie. »Da kennt sich ja kein Mensch mehr aus!«

»Wie kannst du dir überhaupt merken, wo du hin mußt?« fragte Claudia. »Du mußt ja ein Genie sein, um da klarzukommen!«

»Ich hab's auch oft genug durcheinandergebracht«, gab Ralph vergnügt zu. »Es kam immer wieder vor, daß ich zu Mum oder zu Dad bin, und dann war niemand zu Hause. Da wußte ich dann nicht, ob ich mich auf die Stufen setzen und warten soll oder ob ich zum anderen gehen soll. Aber dann haben sie mir neue Pausebrotboxen gekauft, zwei mit einer Mickymaus drauf und zwei mit Dumbo.«

»Und wieso ging's dann besser?«

»Ganz einfach. Das D war für Dumbo und Dad, das M für Micky und Mum. Wenn ich nicht wußte, wo ich hin muß, hab ich einfach auf die Box geschaut.«

»Aber wieso vier?«

»Zwei für jeden. Aber trotzdem waren manchmal plötzlich beide bei Mum oder bei Dad, und dann mußten Mum oder Annabel ein Schildchen draufkleben und ›Dumbo, nicht Micky‹ oder ›Micky, nicht Dumbo‹ draufschreiben.«

»Ist Annabel deine Stiefmutter?«

»Sie war's«, sagte Ralph. »Jetzt ist sie's nicht mehr, und

ich seh sie auch nicht mehr. Aber Angus und Patricia, die seh ich noch –«

»Angus und Patricia?«

»Das sind meine Ex-Stiefoma und mein Ex-Stiefopa.«

»O Gott, ich geb's auf«, erklärte Pixie entschieden.

Ralph starrte sie an.

»Na, hör mal!« sagte er. »Ich hab noch kaum angefangen zu erklären, und schon kommst du durcheinander!«

Claudia tätschelte seine Hand.

»Versuch nicht, uns was zu erklären«, beschwichtigte sie. »Erzähl nur die interessanten Sachen.«

»Genau«, bekräftigte Robbo eilig. »Nur die Höhepunkte.«

Ralph verzog das Gesicht und überlegte.

»Okay«, sagte er. »Also: Das war mit das Beste, was ich je erlebt hab. Es war mit Annabel, Stiefmutter Nummer eins.«

Er merkte, daß alle ihn anstarrten.

»So nennt Howard sie«, erklärte er.

»Und wer ist Howard?« fragte Pixie in die Luft hinein. »Kennen wir den?«

»Das hab ich doch schon gesagt!« Ralph war empört. »Howard ist mein Stiefvater, der Mann von meiner Mum.«

Ein Anflug von Verwirrung glitt über sein Gesicht.

»Hab ich überhaupt schon von Felicia, Alicia und Victor erzählt?«

»Laß mich mal raten«, sagte Robbo. »Das sind deine Stiefschwestern und dein Stiefbruder.«

»Meine Halbschwestern und mein Halbbruder«, verbesserte Ralph. »Wir haben alle dieselbe Mum. Meine

Stiefbrüder und meine Stiefschwester sind die Kinder von Janet.«

»Janet?«

»Stiefmutter Nummer zwei.«

Robbo hob die Arme, wie ein Schiedsrichter, der das Spiel unterbricht.

»Fang noch mal an«, forderte er Ralph auf. »Fang noch mal ganz von vorn an. Und sag die Namen nur, wenn's unbedingt sein muß.«

»Okay.«

Ralph begann von neuem.

»Ich und meine richtigen Brüder –«

Er hielt inne.

»Okay, okay«, seufzte Robbo.

»Edward und George«, sagte Ralph. »Wir sind immer alle drei zusammen zu Dad und Annabel.«

»Stiefmutter Nummer eins!«

»Meine Brüder waren ein bißchen genervt«, sagte Ralph. »Sie mochten Annabel nicht besonders.« Er hielt erneut inne. »Oder nein, so kann man's nicht sagen. Sie mochten sie schon. Man hatte viel Spaß mit ihr, und sie hat einem super Sachen geschenkt. Nur ging sie ihnen eben auf den Keks. Das Problem war, daß sie uns nie mit Dad allein gelassen hat. Sie war immer dabei. Immer. Bei jeder Autofahrt, auch bei den langweiligen, wenn wir nur einkaufen oder tanken fuhren. Sogar wenn Dad uns zu Mum zurückbrachte, kam sie mit. Beim Essen und beim Fernsehen saß sie auch immer dabei. Mir hat das nichts ausgemacht, ich war noch so klein, daß ich's kaum mitgekriegt hab. Aber Edward und George fanden's furchtbar. Das wär nicht gerecht, haben sie gesagt. Sie hätte Dad die halbe Woche für sich allein, da könnte sie sich, wenn wir da sind, doch ein bißchen zurückhalten. ›Kann ja sein, daß Dad Annabel die ganze Zeit dabeihaben will‹, hat George sich bei Mum beklagt. ›Aber ich will's nicht. Und Edward und Ralph auch nicht. Wieso müssen wir dann permanent mit ihr zusammensein?‹«

Ein Ausdruck reinster Verblüffung breitete sich über Colins Gesicht.

»Das hat er gesagt? Zu deiner Mum?«

Ralph wählte seine Worte mit Bedacht.

»Deine und meine Mum sind, glaub ich, zwei total verschiedene Kaliber«, sagte er zu Colin. »Meiner Mum kann man so ziemlich alles sagen.«

Er machte eine etwas wehmütige Pause.

»Aber sie kann auch so ziemlich alles sagen. Und in dem Fall hat sie's auch getan. Sie hat Dad am Telefon permanent damit genervt, aber es hat nichts genützt. Er hat einfach so weitergemacht und lieber seine heißgeliebte Annabel überall dazwischenfunken lassen, als Ärger zu riskieren und ihr zu sagen, wie George und Edward zumute ist. ›Der Mann hat kein Rückgrat‹, hat meine Mutter gesagt. Aber das Problem war wohl eher, daß er verliebt war. Total, idiotisch, sentimental verliebt. Die ganze Zeit haben er und Annabel rumgeknutscht und rumgeschmust und gekichert und sich ›mein Mäuserich‹ und ›mein Kätzchen‹ genannt.«

»Mein Mäuserich?!«

»Mein Kätzchen?!«

Alle machten gebührend angewiderte Gesichter.

»Er hat überhaupt nichts gemerkt«, erklärte Ralph.

»Alles, was Annabel gemacht hat, war okay für ihn. Sie mochte keinen Jazz, also hat er keinen Jazz mehr gehört. Sie hat gesagt, gekauftes Brot ist voll von chemischen Zusätzen, also mußten wir, auch wenn der Brotkasten leer war, stundenlang warten und halb verhungern, bis sie neues gebacken hatte, statt an der Ecke welches zu kaufen.« Er schüttelte den Kopf. »Und dauernd war sie auf Diät. Ich glaub, die hatte keine Ahnung, wieviel ein normaler Mensch ißt. Gegen Kaffee hatte sie auch was, also mußten wir Löwenzahntee trinken.« Er schauderte bei der Erinnerung daran. »Löwenzahntee! Und jeden Morgen hat sie uns ihr Horoskop vorgelesen, und abends noch mal, und dann hat sie uns erklärt, wie man es auslegen kann, damit es einigermaßen hinhaut. Und Dad hat sie nicht mal ausgelacht! Außerdem hat sie geglaubt, daß jeder eine Aura um den Kopf hat, so eine Art Farbring, an dem man erkennt, was für ein Mensch er ist und in was für einer Stimmung er ist. Niemand sonst kann die Aura sehen, aber Annabel hat behauptet, sie kann's. Manchmal hat sie Edward und George angeschaut und gesagt: ›Eure Aura ist ganz dünn und grau. War's schlimm in der Schule?‹ Und dann haben sie, auch wenn's von Anfang bis Ende beschissen war, gesagt: ›Nein, Klasse war's‹, nur um sie vor Dad in Verlegenheit zu bringen.« Er schüttelte verwundert den Kopf. »Aber Dad war nicht verlegen. Er hat nur gestrahlt. ›Der ist übergeschnappt‹, hat meine Mutter gesagt. Aber ich glaub, er war einfach total verknallt. Bis wir einmal –«

Er brach ab. Ein verklärtes Lächeln breitete sich über seine Züge.

»Weiter!« schimpften die anderen. »Erzähl weiter!«

»Bis wir einmal Brandy mitnehmen mußten.«

»Brandy?«

»Unseren Kater. Daheim konnte er nicht bleiben, weil Mum die Böden lackiert hat. ›Ich schick doch nicht euch drei zu Dad‹, hat sie gesagt, ›und Felicia mit Howard spazieren, nur damit dieses fette, faule, rücksichtslose Vieh seine Pfotenabdrücke auf meinem frisch lackierten Dielenboden hinterläßt! Ihr müßt Brandy mitnehmen. Wenn euer Dad Ärger macht, sagt ihm einen schönen Gruß von mir, und er kann von Glück sagen, daß ihr Brandy nicht jede Woche mitbringt.‹«

Colin war beeindruckt.

»Du hast recht. Deine Mum kann wirklich alles sagen.«

Ralph zuckte zusammen.

»Aber das sagen wir nicht alles weiter«, gestand er. »In dem Fall jedenfalls nicht. Wir sind einfach mit Brandy aufgekreuzt. Der steckte in einem Käfig, den Edward mit Draht aus einem kaputten Milchflaschenkasten zusammengebastelt hatte. Annabel hat gleich losgelegt – wie grausam wir wären, der arme Brandy, da kriegt er ja kaum Luft drin –, bis Dad ihr gesagt hat, daß wieder mal kein Brot da ist. Das hat sie abgelenkt. ›Soll Edward schnell welches holen?‹ Aber nein, Annabel bestand darauf, selber welches zu backen. Also saßen wir in der Küche herum, halb verhungert, und Annabel hat mit der Hefe herumgefuhrwerkt und geknetet und ihr ›Glückslied‹ gesungen und den Teig dann zum Gehen in die große braune Porzellanschüssel getan.«

Wieder erschien das verklärte Lächeln auf seinem Gesicht.

»Da hat Edward gesagt: ›Komm, George, wir gehen. Ralph nehmen wir mit.‹ Wir sind zum Bäcker, und Edward hat sein ganzes Taschengeld für drei große Brote ausgegeben, die wir auf dem Rückweg bis auf den letzten Rest aufgegessen haben. Dann haben George und Edward mir die Krümel abgewischt, und wir sind wieder rein.«

Seine Augen strahlten vor Vernügen.

»Annabels Teig war meterhoch aufgegangen, über den Schüsselrand raus, wie ein riesiger Ballon. ›Seht ihr?‹ hat Annabel gesagt. ›Das Warten lohnt sich.‹ Sie hat sich umgedreht, um ihre Backformen aus dem Schrank zu nehmen, und genau in dem Moment ist Brandy auf den Tisch gesprungen und hat an dem Teig geschnüffelt. Dann hat er ganz vorsichtig die Pfote drangehalten.«

Ralph grinste verzückt.

»Da hat George Edward angeschaut. Und Edward hat George angeschaut. Und George hat mir die Hand auf den Mund gelegt, damit ich still bin.«

Er zappelte vor Begeisterung.

»Genau in dem Moment kam Dad rein, und wir haben alle vier gesehen, wie Annabel sich gerade rechtzeitig umdrehte, um mitzukriegen, wie der fette alte Brandy sich gemütlich auf ihrem Teig zusammenrollte und sie über den Schüsselrand hinweg kühl anblinzelte, während der Teig unter ihm wie ein Fallschirm zusammensank.«

Er schaukelte hingerissen auf dem Bett hin und her.

»Da ist Annabel durchgedreht. Total ausgerastet ist sie. So was habt ihr noch nicht erlebt. Sie hat gesagt, Brandy sei ein böses Tier und hätte ihr den Brotteig aus purer Bosheit versaut. Dad wollte Brandy verteidigen (›Für euch Kinder hat er sich nie so ins Zeug gelegt!‹ hat Mum später gesagt), aber Annabel hat gar nicht zugehört. ›Ich hab gleich gemerkt, was das für einer ist‹, hat sie gesagt. ›In dem Moment, wo ihr ihn reingebracht habt. Er hat eine ganz üble Aura. Seht euch doch nur den lila Ring um seinen Kopf an.‹«

Ralph breitete die Arme aus.

»Und das war's dann«, sagte er. »Dad hat losgelacht. Er konnte einfach nicht anders. ›Eine üble Aura! Unser Brandy? Mit einem lila Ring um den Kopf? Das ist doch lächerlich, Annabel!‹ Dann hat er Edward, George und mich rausgescheucht, damit sie ungestört reden konnten. Aber wir brauchten gar nicht mehr zuzuhören. Der Bann war gebrochen, das hat man sofort gemerkt. Sie haben sich zwar noch eine Weile ›mein Mäuserich‹ und ›mein Kätzchen‹ genannt, aber am Ende ist Annabel mit einem Kerl abgehauen, der geglaubt hat, er ist ein Nachfahre von König Artus, und es hat eine Ewigkeit gedauert, bis Dad sie gefunden hat, damit sie die Scheidungspapiere unterschreibt.«

»Und wo ist sie jetzt?« wollte Colin wissen.

Ralph zuckte nur die Schultern.

»Das weißt du nicht?« fragte Colin und setzte erstaunt hinzu: »Macht dir das nichts aus? Vermißt du sie nicht?«

»Nein«, erwiderte Ralph. »Ich kann nicht sagen, daß mir das was ausmacht. Ich kann nicht mal sagen, daß ich sie vermisse. Sie war mehr eine Freundin von Dad als eine richtige Stiefmutter, verstehst du? Außerdem hat sich Dad, kaum daß sie weg war, mit Janet zusammengetan, und damit hatte ich die nächste Zeit genug um die Ohren.«

Robbo setzte sich bequemer zurecht.

»Kommt jetzt der nächste Höhepunkt?«

Ralph überlegte einen Moment und räumte dann ein: »Das war wohl eher ein Tiefpunkt.«

»Also«, sagte Claudia, »schieß los! Stiefmutter Nummer zwei.«

»Ein richtiger Schock war das«, erzählte Ralph. »So was hatten wir noch nie erlebt. George dachte, Dad hat sie in einem Gefängnis aufgegabelt.« Er bemerkte die neugierigen Blicke der anderen und setzte hastig hinzu: »Nein, nicht in einer Zelle – in der Verwaltung. Wo sie den ganzen Laden schmeißt. Ich hab noch nie jemanden gesehen, der so wild auf Regeln war. Janet hatte Regeln für alles: Was wir im Fernsehen anschauen durften und wie lange, wann wir ins Bett mußten und wann wir aufstehen mußten – auch samstags – und sogar, was man sich, ohne zu fragen, aus dem Kühlschrank nehmen durfte. Bei jedem Stück Käse hat sie ein Theater gemacht, als wären's die Kronjuwelen.«

Er seufzte.

»Am schlimmsten war's beim Essen. Da gab's Regeln, wie man kauen muß, was man mit den Ellenbogen machen muß, wie man Messer und Gabel halten muß. Eine Regel war, daß man die Butterdose nicht wie einen Eishockeypuck über den Tisch schlittern lassen durfte. Man mußte ›bitte‹ und ›danke‹ sagen und ›Darf ich dir das Brot reichen?‹ Eine andere Regel war, daß man nicht zu essen anfangen durfte, bevor nicht jeder was auf dem Teller hatte. Es gab ein extra Messer für die Butter und einen extra Löffel für den Aufstrich.«

Er schüttelte in wiedererwachter Verblüffung den Kopf.

»Es gab sogar eine Regel, daß man nicht aufstehen und

ans Telefon durfte, bevor nicht alle ihren Nachtisch aufgegessen hatten.«

Seine Miene verfinsterte sich.

»Tausende von Anrufen hab ich verpaßt!«

»Und dein Dad? Hat dem das nichts ausgemacht?«

»Ausgemacht?« versetzte Ralph bitter. »Dem hat das gefallen! Nach Annabel fand er das toll. ›Vernünftig‹, hat er's genannt. ›So schön geordnet.‹ Und alle anderen waren anscheinend der gleichen Meinung. Edward und George waren total begeistert von Janet, weil sie Dad unheimlich viel für sich allein hatten, während Janet zu den ganzen Arzt- und Zahnarztterminen und den Elternabenden und Schulaufführungen mit Tom, Joe, Doug und Ann rannte.«

Er sah die verblüfften Mienen der anderen.

»Meine Stiefbrüder und Stiefschwestern«, erläuterte er. »Janets eigene Kinder. Die sind mit eingezogen. ›Den Versuch wagen‹, hat Janet das genannt.« Wieder verfinsterte sich seine Miene. »Ich hätte ihnen gleich sagen können, daß das nicht läuft. Das Haus war nicht groß genug. Mit Tom ging's ja noch, und Ann war auch ganz nett, wenn man sie erst mal näher kannte. Aber um mit Joe und Doug klarzukommen, hätte ich schon ein ganzes Schloß gebraucht. Aber auf mich hat ja niemand gehört.«

»Was hat denn deine Mum dazu gesagt?«

Ralph verzog das Gesicht.

»Ja, das versteh ich auch nicht«, erwiderte er. »Mum und Howard fanden Janet toll. Vielleicht weil sie so kurz nach Annabel kam. ›Schön, daß mal ein bißchen Ordnung in unser Leben kommt‹, hat Mum oft gesagt. ›Und das muß man Janet lassen: Eure Sachen sind noch nie so sauber gewaschen zurückgekommen. Sogar die Ölflecken in Edwards Hemd hat sie rausgekriegt. Meint ihr, ich kann ihr mal Alicias Babydecke schicken?‹ Mum hat stundenlang mit ihr telefoniert. Für meinen Dad hat sie sich eigentlich kaum noch interessiert, seit Janet da war. Alles, was irgendwie kompliziert war – Ferientermine, Extraproben, Frankreichaustausch –, hat sie mit Janet geregelt. ›Ein Vergnügen ist das‹, hat sie immer gesagt, ›wenn man's mit einer Frau zu tun hat, die so gut organisieren kann. Hoffentlich hält's.‹«

»Und? Hat's gehalten?«

»Allerdings. Es hat gehalten.« Ralph seufzte. »Wenn mich mal jemand ins Gefängnis steckt, dann weiß ich genau, wie ich mich verhalten muß. Die Regeln hab ich in Null Komma nichts intus, und ich weiß auch, wie man sich eine winzig kleine Zelle mit zwei anderen teilt. Ich weiß, daß ich meinen Kram nur auf meinem eigenen Bodenstück liegenlassen darf, sonst trampeln sie drauf herum und machen alles kaputt. Ich werde schwer aufpassen, daß ich nicht mehr als eine Mikrosekunde zu spät zum Essen komme, weil man bei so vielen Leuten von dem, der gekocht hat, nicht verlangen kann, daß er was für Nachzügler übrigläßt. Ich vergesse ganz bestimmt nicht, alle meine Modellautos aus dem Bücherregal zu nehmen und im Schrank einzuschließen, wo ich sie nachts nicht mal anschauen kann. Und ich bilde mir auch nicht ein, daß ich öfter als alle Jubeljahre mal die Fernsehsendung sehen kann, die ich sehen will.«

Seine Stimme zitterte vor Hohn.

»Ich weiß dann, daß ich mich ein Jahr vorher anmelden

muß, wenn ich baden will. Und daß ich nicht damit rechnen kann, mehr als ein einziges mickriges Bonbon abzukriegen, wenn ich die Tüte rumgehen lasse. Ich hab kein Problem mit hochkomplizierten Tabellen, in denen steht, wer mit dem Abwaschen, Abtrocknen, Aufräumen, Abstauben, Küchenbodenfegen und Sauberwischen dran ist.«

Er war krebsrot angelaufen.

»Ja«, sagte er, »im Gefängnis wär ich ein As!«

»Aber inzwischen ist Janet doch bestimmt längst weg«, beschwichtigte Claudia.

»Ja.« Ralph beruhigte sich wieder. »Sie ist weg.« Bei dem Gedanken daran hob seine Laune sich wieder. »Sie hatte die Nase voll von Mum und Dad. Erst hat sie gesagt, sie nutzen sie aus, dann hat sie gesagt, sie machen selber keinen Finger krumm, und zum Schluß hat sie gesagt, sie treiben's zu weit.«

»Was haben sie denn getan?«

Ralph errötete.

»Na, Dad war an den Tagen, an denen wir da waren, oft beruflich unterwegs. ›Du hast doch sowieso schon vier‹, hat er gesagt. ›Da kommt's auf drei mehr auch nicht an.‹ Und dann hat Mum angefangen, Victors Spielanzüge in Edwards Sporttasche zu schmuggeln, weil sie gehofft hat, Janet würde sie mitwaschen und die Flecken rauskriegen.«

»Das ist gemein!« rief Pixie. »Das ist echt unfair!«

»Ja, da kennt meine Mum nichts«, räumte Ralph ein. »Sogar Howard sagt, sie hat's nicht anders verdient und es würde ihr recht geschehen, wenn Stiefmutter Nummer drei unsere Socken und Unterhosen ungewaschen zurückschicken würde.« Er grinste. »Mum hat natürlich meinem

Dad die Schuld gegeben. Und der hat Mum die Schuld gegeben. Aber uns war das piepegal. Wir waren heilfroh. Ich konnte meine Autos wieder ins Regal stellen, wir haben wieder aus Pizzaschachteln und Chipstüten gegessen, und Edward hat eine richtige Feier veranstaltet, als wir das Buttermesser im Müll versenkt haben.«

Er nahm sein Brot.

»Es war, wie wenn man plötzlich freigelassen wird. Toll. Und so blieb's auch, bis letztes Jahr…«

»Stiefmutter Nummer drei kam!« riefen die anderen im Chor.

»Verheiratet sind sie noch nicht, aber sie wohnt bei ihm. Flora heißt sie.« Ein Ausdruck, den sie noch nie an ihm gesehen hatten, breitete sich über Ralphs Gesicht. »Flora heißt Blume«, sagte er mit merkwürdig fremder Stimme und verstummte dann.

Claudia versuchte ihn zum Weitersprechen zu bewegen. »Ralph?«

Da er sie nicht zu hören schien, wiederholte sie etwas lauter: »Ralph!«

Er fuhr zusammen.

»Was ist?«

»Erzähl weiter! Erzähl uns von Flora!«

Er wurde rot.

»Ach so, ja. Also: Edward hat sie als erster kennengelernt. Er kam unangemeldet, weil er sein Bioreferat über Hautkrankheiten holen wollte, und da lag sie auf Dads Terrasse, mit fast nichts an. Dad war ganz verlegen und hat gesagt: ›Edward, das ist Flora. Flora, kannst du dir nicht was überziehen?‹ Und Flora hat gesagt: ›Ich lieg hier doch gerade so schön in der Sonne. Edward kann sich ja was überziehen.‹ Da hat Edward sich eine Tüte über den Kopf gezogen, und sie haben sich eine ganze Weile über Lepra und Baby-Wundsein unterhalten.«

»Na, toll«, murmelte Pixie, aber Ralph nahm keine Notiz davon. Er fuhr fort: »George hat sie erst am nächsten Tag kennengelernt. Sie hat ihn mit Dad zusammen von der Geigenstunde abgeholt, und dann sind sie in den Supermarkt. So was hat er noch nicht erlebt, hat George gesagt. Erdbeeren, Kiwis, Waffeln, belgische Pralinen. Dad hat fast einen Anfall gekriegt. Die ganze Zeit hat er ängstlich gehustet und in seine Brieftasche gelinst. Flora hat immer mehr leckere Sachen in den Einkaufswagen gepackt, und an der Kasse hat er dann versucht zu protestieren: ›Wir haben keinen Platz im Tiefkühlfach für vier verschiedene Eissorten.‹ Flora hat ihn gar nicht beachtet, hat George gesagt. Aber als die Kassiererin gesehen hat, wie Dad wieder mal düster in seine Brieftasche schielt, hat sie das Heidelbeer und das Schoko-Nuß rausgenommen und zu George gesagt: ›Tu deiner Mutter den Gefallen und bring das zurück, sei so lieb.‹ Da hat Flora fast eine Flasche extrafeinen Ahornsirup fallen lassen. ›Ich bin nicht seine Mutter!‹ hat sie gesagt. ›Ich bin viel zu jung, um seine Mutter zu sein!‹ Sie sah ganz entsetzt aus. Aber längst nicht so entsetzt wie Dad, hat George gesagt, als er's uns später erzählt hat. Mum hat die Augen verdreht, und Howard hat gelacht und gesagt: ›Stiefmutter Nummer drei in Sicht.‹ Ich konnte da nicht mitreden, ich kannte sie ja noch nicht.«

»Aber jetzt kennst du sie.«

»Allerdings. Jetzt kenn ich sie.«

Wieder trat der seltsame Ausdruck auf sein Gesicht.

»Und?« forschte Pixie.

Mit Mühe wandte er ihnen seine Aufmerksamkeit wieder zu.

»Was?« fragte er.

»Flora. Du hast sie also kennengelernt?« half Claudia nach.

»Ja. Am nächsten Tag. Mum hatte Janets Zeitplan beibehalten. ›Das ist wie mit Annabels Pausenbrotboxen-Trick‹, hat sie gesagt. ›Zu gut, um's einfach aufzugeben, nur weil sie weg ist.‹ Also ging ich wie immer zu Dad, und Flora hat die Tür aufgemacht. ›Hallo‹, hab ich gesagt, ›da bin ich.‹ Und sie hat mich von oben bis unten angeschaut und gesagt: ›Das ist ja sehr schön, aber wer bist du?‹«

Er grinste. »Das war gar nicht so leicht zu erklären. Als erstes hab ich gesagt: ›Ich bin Ralph.‹ Aber weil sie anscheinend immer noch nicht kapiert hat, dachte ich, ich schiebe noch was nach, und das Beste, was mir einfiel, war: ›Vielleicht Ihr zukünftiger Stiefsohn.‹ Besonders erfreut hat sie nicht ausgesehen, muß ich sagen. Sie rannte ins Wohnzimmer, um Dad anzurufen, und was ich durch die Tür gehört hab, klang ziemlich gereizt. ›Was soll das heißen, du kannst nicht von der Arbeit weg?‹ Ich weiß nicht, was er gesagt hat, aber die Wirkung auf Flora kann nicht viel besser gewesen sein als früher bei Janet, denn das nächste, was ich gehört hab, war, daß sie den Hörer aufgeknallt hat. Dann kam sie wieder raus.

›Unverschämtheit! Ich bin doch kein Kindermädchen!‹

›Und ich bin kein Baby!‹ hab ich zurückgemotzt. Ich war echt beleidigt. Und zum Beweis bin ich in die Küche.

›Ich mach mir ein Käsebrot‹, hab ich gesagt. Aber irgendwie muß ein bißchen was von Janet hängengeblieben sein, denn dann hab ich ganz automatisch noch höflich gefragt: ›Kann ich Ihnen auch eins machen?‹ Sie hat mich einen Moment angestarrt und sich dann ihre Tasche geschnappt. ›Ach, laß doch die Broteschmiererei‹, hat sie gesagt, als ob wir schon irgendwie zusammengehören würden. ›Wir gehen essen.‹

›Und was ist mit Dad?‹ hab ich gefragt. Sie hat mich ziemlich kühl angeschaut.

›Was soll mit dem sein?‹«

Ralph grinste. »Da hab ich kapiert. Wenn er nicht mal nach Hause kommt, um uns miteinander bekanntzumachen, wieso sollen wir uns dann seinetwegen groß Gedanken machen? Also sind wir ohne ihn los. Es war einsame Klasse. Zuerst haben wir chinesisch gegessen. Dann sind wir in einen Film über Killertomaten, und auf dem Heimweg, als wir gerade in einer Diskussion über Außerirdische waren, sind uns ein paar von ihren Freunden über den Weg gelaufen, und mit denen sind wir noch in ein Café. Da hab ich mich dann mal kurz verdrückt und Dad angerufen.

›Wo bist du?‹ hat er mich angeschnauzt.

›In der Lila Zwiebel. Wir trinken noch was, mit ein paar Freunden, und dann kommen wir heim.‹

Da war er natürlich sauer.

›Weißt du eigentlich, wie spät es ist?‹ Aber ich hab so getan, als ob mir die Münzen ausgehen. ›Bis gleich‹, hab ich gesagt, aber das war stark untertrieben, denn Flora hat sich mit ihrem Kaffee ziemlich Zeit gelassen. Es war halb zwölf, als wir nach Hause kamen. Dad war auf hundertachtzig.

›Bist du verrückt geworden?‹ hat er Flora angeblafft. ›Es ist fast Mitternacht, und Ralph hat morgen Schule!‹ Aber Flora hat sich nur die Haarspangen rausgemacht und den Kopf geschüttelt und ganz vergnügt gesagt: ›Tja, nächstes Mal überlegst du dir's vielleicht, bevor du von mir verlangst, daß ich auf ihn aufpasse, ohne zu fragen, ob ich nicht schon was vorhabe.‹ Sie hat sich das Haar wie einen Fächer vors Gesicht geschüttelt und mir dahinter zugezwinkert, so daß er's nicht gesehen hat.«

Wieder nahm sein Gesicht den unbestimmbaren, entrückten Ausdruck an. Er verstummte und blickte ins Leere.

»Du bist total verknallt in Flora, stimmt's?« fragte Robbo.

Ralph versuchte erst gar nicht zu leugnen. Er seufzte nur.

»Ich finde sie toll«, sagte er. »Was die mir schon alles angetan hat! Als ich mal unverschämt zu ihr war, hat sie mir eine Schüssel Spaghetti über den Kopf gekippt. Wenn sie mich von der Schule abholt, kommt sie Stunden zu spät, so daß ich meine Hausaufgaben praktisch im Rinnstein machen muß. Sie bringt mich in Schwierigkeiten, weil sie mich in nicht jugendfreie Filme reinschmuggelt und in Lokale mitnimmt, in die ich eigentlich nicht darf. Und wenn ich mich beschwere, sagt sie nur: ›Jetzt mecker hier nicht rum! Ich bin nicht deine Mutter!‹ Sie ist total chaotisch. Im Winterschlußverkauf hat sie mir einen ganz tollen Porzellanfrosch gekauft, aber meinen Geburtstag hat sie vergessen. Und seit sie schwanger ist, ist sie unmöglich. Gestern hat sie mich bis ans Ende der Welt geschickt, um Pfefferminzsoße für ihre Sandwiches zu kaufen.«

»Pfefferminzsoße? Für Sandwiches?«

»Was anderes ißt sie im Moment nicht«, erklärte Ralph betrübt. »Nur Sandwiches mit Pfefferminzsoße. Ich mach mir Sorgen um das Baby. Sie wird es bestimmt nicht richtig versorgen, und dann liegt die ganze Verantwortung bei mir. Mum sagt, wenn Flora so scharf auf Pfefferminzsoße ist, dann braucht ihr Körper das, und ich soll nicht wie ein aufgescheuchtes Huhn um sie rumschwirren. Aber in allen Babybüchern steht –«

»Sag bloß, du liest Babybücher!«

Robbo war entgeistert.

Ralph starrte vor sich hin.

»Klar! Das Baby ist doch meine Schwester!« Er bemerkte Colins Blick, gab sich einen Ruck und korrigierte: »Okay, meine Halbschwester. Oder mein Halbbruder. Jedenfalls wird mit Flora nicht viel anzufangen sein. In ihrem ganzen Leben hat sie bisher nur für einen Goldfisch sorgen müssen, und der schwamm eines Tages mit dem Bauch nach oben im Aquarium.«

Er straffte die Schultern.

»Nein, nein, da muß ich schon selber ran. Aber Mum hat gesagt, ich darf dann öfter hin, bis ich Dad und Flora soweit habe, daß sie alles einigermaßen auf die Reihe kriegen.«

Pixie fragte neugierig: »Stört es deine Mutter nicht, daß du –« Sie hielt inne, suchte nach einer etwas zartfühlenderen Formulierung, gab dann jedoch auf und wiederholte Robbos Worte: »Daß du total verknallt in deine Stiefmutter bist?«

Ralph errötete.

»Sie zieht mich ein bißchen auf damit. Die anderen auch.

Gestern, als ich die Babysachen rausgesucht hab, die Mum mir leihen will, hat George gesagt, daß ich vom Alter her besser zu Flora passe als Dad und daß sie, wenn überhaupt, eher mich heiraten müßte.«

Ein breites Grinsen glitt über sein Gesicht.

»Aber Howard hat gesagt, ich soll heilfroh sein, daß Stiefmutter Nummer drei so ein Glückstreffer ist.«

»Meinst du, sie bleibt?«

Ralph klopfte gegen das Holz seines Bettes.

»Sie wird allmählich häuslicher«, meinte er weise, »soviel ist klar. George und Edward sagen zwar immer, ich soll mir da nicht allzu sicher sein. Vielleicht ist es ja nur wegen des Babys. Vielleicht bleibt es nicht so. Aber als ich ihr geholfen habe, alte Spielsachen und Rasseln und den ganzen Kram zusammenzusuchen, da hat sie angefangen, mir aus einem Märchenbuch vorzulesen, das sie gekriegt hat, als sie vier war. *Es war einmal eine liebe Stiefmutter, die lebte mit ihren drei bösen Stiefkindern in einem tiefen Wald...*«

Er grinste erneut.

»Ich hab später noch mal nachgeschaut: Sie hatte die Wörter vertauscht. Aber wenn sie so einen Witz machen kann, dann wird sie bestimmt allmählich häuslicher.«

»Bestimmt«, bekräftigte Claudia. »Und außerdem: Aller guten Dinge sind drei.«

»Genau«, stimmte Ralph zu. »Das sag ich mir auch. Ich hoff's jedenfalls.«

Sein Gesicht nahm den gleichen weichen Zug an wie zuvor.

»Aller guten Dinge sind drei«, sagte er und klopfte noch einmal gegen das Holz seines Bettes.

Pixie warf sich zurück, verschränkte die Hände unter dem Kopf und sprach düster zur Decke hinauf: »Wenn aller guten Dinge drei sind, kann ich ja noch lange warten.«

Alle wandten sich ihr zu.

»Los«, forderte Robbo sie auf, »erzähl!«

Pixie setzte sich wieder auf.

»Wieso? Bin ich jetzt dran?«

»Ich dachte, es geht reihum«, schaltete Claudia sich ein. »Dann ist Robbo der nächste.«

»Pixie kann gern zuerst erzählen, wenn sie bereit ist.«

»Bereit?« spottete Ralph. »Die hat bestimmt schon eine Überschrift im Kopf.«

»Stimmt«, bestätigte Pixie. »Das hab ich auch. Meine Geschichte heißt: *Die Nervensägen und ich.*«

Ralph lehnte sich bequem zurück.

»Okay, aber bitte ohne Schnörkel. Wir wollen die Wahrheit, die ganze Wahrheit und nichts als die Wahrheit, alles andere gilt nicht.«

»Wie kommst du darauf, daß –«

Doch da die anderen bereits zu kichern anfingen, begann sie lieber schnell.

Pixies Geschichte:

## *Die Nervensägen und ich*

Eigentlich heißen sie ja P-a-y-n-e, aber wenn ihr sie kennen würdet, dann würdet ihr sie auch die ›Pains‹ nennen – die Nervensägen. Sophie und Hetty Payne. Furchtbar sind die. Die kosten mich den letzten Nerv. Seit sie da sind, mag ich kaum noch zu meinem Vater. Lucy – das ist ihre Mutter – geht ja noch, die kann ich ignorieren. Sie macht ein ziemliches Getue, wenn ich komme und fragt mich nach der Schule – so das Übliche –, aber danach kümmert sie sich nicht mehr groß um mich. Früher bin ich dann immer in meinem Zimmer verschwunden und nur zum Essen runtergekommen oder wenn mich jemand gerufen hat. Und so wär's vielleicht auch geblieben, wenn Sophie und Hetty nicht vor ein paar Monaten einen fürchterlichen Krach gehabt hätten, eine richtige Prügelei. Da haben Lucy und Dad gemeint, es wär das Vernünftigste, wenn Hetty aus ihrem und Sophies Zimmer auszieht und bei mir einzieht.

Bei mir!

Als Dad und Lucy das Haus gekauft haben, war abgemacht, daß ich ein eigenes Zimmer kriege. Das weiß ich noch genau. Und Mum auch. Dad gibt es sogar selber zu. Kein gemeinsames Zimmer mit meinen Stiefschwestern. Aber dann kam der Krach. Wir hatten's alle kommen sehen. Sophie und Hetty hatten schon seit Monaten permanent aneinander rumgemeckert.

»Hetty hat meinen Taschenrechner genommen und gibt ihn nicht wieder her!«

»Sophie zappt dauernd weiter, wenn ich mir was im Fernsehen anschauen will!«

»Hetty hat meinen blauen Pulli angezogen, als ich gestern nicht da war, und jetzt ist ein Loch drin!«

»Sophie sitzt auf der Treppe und läßt mich nicht vorbei!«

Man hätte meinen können, sie wären zu dritt, so wie die sich aufgeführt haben. Und man hätte meinen können, sie wären dran gewöhnt. (Alle anderen waren tatsächlich dran gewöhnt.) Aber nein. Auf einmal gab's diese Riesenkeilerei – Fausthiebe, ausgerissene Haarbüschel und Sophies komplette Glastiersammlung in Scherben.

Und so ist Hetty bei mir gelandet. In meinem Zimmer. An einem Freitag schließe ich mich noch wie üblich ruhig und friedlich ein, und eine Woche später krieg ich kaum noch die Tür auf, weil das ganze Zimmer mit Hettys Bett, Hettys Schreibtisch und Hettys Kommode vollgestellt ist.

»Was ist denn hier los?«

Dad hat Lucy angeschaut, und Lucy hat Dad angeschaut.

»Wir dachten, es macht dir nichts aus. Du bist ja nicht oft hier, nur ein paar Tage im Monat. Und Sophie will nicht mehr mit Hetty im Zimmer sein.«

Was konnte ich machen? Was sollte ich sagen? Ich hätte mich natürlich auf Diskussionen einlassen können. Ich hätte sagen können, daß sie mir ein eigenes Zimmer versprochen hatten. Daß alle versichert hatten, ich muß es mit niemandem teilen. Aber das wär nicht sehr nett von mir gewesen. Das wär sogar ziemlich gemein und pingelig gewesen – außer ich hätte noch dazugesagt, daß ich sowieso nicht so scharf drauf bin herzukommmen. Aber das ging ja nicht, weil Dad dabei war.

Und Lucy hatte ja recht. Ein paar Tage im Monat sind wirklich nicht viel. Es wäre auch gar nicht so schlimm gewesen, nur kommt einem ein Tag eben wie ein Jahr vor, wenn man den Menschen, den man die ganze Zeit vor der Nase hat, nicht leiden kann.

Und ich kann Hetty Payne nun mal nicht leiden. Ich kann sie nicht ausstehen. Auf Sophie steh ich auch nicht gerade, aber Hetty treibt mich zum Wahnsinn. Ich find's furchtbar, wie sie den Kopf auf die Seite legt und sich in den Haaren rumfummelt. Ich find's furchtbar, wie sie beim Lesen die Nase hochzieht, ohne es zu merken. Und ich find's furchtbar, wie sie die Katze wie ein Würstchen über den Teppich rollt. Aber am furchtbarsten fand ich, wie sie mich mit meinem Namen aufgezogen hat.

»Essen, Priscilla!« hat sie immer die Treppe raufgejodelt.

Ich hab mich dann zwar so lange taub gestellt, bis einer von den anderen »Pixie!« gerufen hat, aber am liebsten wär ich aus dem Zimmer geschlichen und hätte ihr einen schweren Blumentopf auf den Kopf fallen lassen.

Und jetzt hatte ich sie auf dem Hals und sollte zwei Wochenenden im Monat von Freitag nach der Schule bis Sonntagabend mit ihr klarkommen.

»Das ist ungerecht«, hab ich mich bei meinem Dad beschwert. »Sie ist schließlich Sophies Schwester und nicht meine. Soll sich doch Sophie mit ihr rumschlagen. Oder sie wohnt in meinem Zimmer, und an den Wochenenden, wo ich da bin, geht sie wieder zu Sophie. Für mich wär das okay.«

»Lucy meint, das wäre zuviel Hin und Her für Hetty«, hat mein Dad gesagt. »Sie meint, so ist es einfacher.«

Lucy meint, Lucy meint... Er war schließlich mein Dad, *bevor* er Lucys Mann wurde! Ich bin nur zwei Wochenenden im Monat da. Es würde ihn schon nicht umbringen, sich ab und zu mal für *mich* ins Zeug zu legen, anstatt dauernd um seine neue Familie rumzuschleichen, als ob alles, was mit denen zu tun hat, wichtiger wäre.

Aber an mich hat keiner gedacht. Sie haben mich nicht mal gefragt. Als wir zum ersten Mal alle zusammen in die Ferien fuhren, bekamen Sophie und ich Streit. Wir sollten eine nagelneue große, glückliche Familie sein, aber Sophie hat, ohne mich zu fragen oder eine Münze zu werfen, einfach die obere Hälfte vom Etagenbett besetzt. Ich hab ihre Sachen wieder runtergenommen und meine eigenen raufgeschmissen, und sie hat sie wieder runtergerissen. Dann sind wir aufeinander los und haben uns verhauen und an den Haaren gezerrt. Die Tränen sind uns runtergelaufen, aber wir sind mucksmäuschenstill geblieben und haben keinen Piep gemacht, damit Dad und Lucy nicht von nebenan rüberkommen und sehen, was für einen furchtbaren Fehler sie gemacht haben. Damit sie nicht merken, wie sehr sie sich was vormachen und wie dumm sie sind, sich einzubilden, Sophie und ich würden je mehr füreinander empfinden als: »Verschwinde aus meinem Leben! Hau ab!«

Und mit Hetty ging's mir nicht anders – es war eher

noch schlimmer. Hetty paßt vom Alter her besser zu mir, aber wir sind total verschieden. Man muß nur mal eine halbe Stunde die Ohren spitzen, schon wird einem der Kopf bis zum Platzen vollgestopft mit Hettys mathematischer Begabung, Hettys angeborenen guten Manieren und Hettys Geschick im Umgang mit Tieren – sofern man es Geschick im Umgang mit Tieren nennen kann, wenn jemand eine Katze über den Boden rollt.

Hetty ist jedermanns Liebling, nur meiner nicht. Wenn sie ihre Hausaufgaben mit dem fein-säuberlichen ›Sehr schön!‹ der Lehrerin drunter vorzeigt, würde ich ihr das Heft am liebsten aus der Hand reißen und zerfetzen. Wenn sie ihren Pudding bekommt und mit ihrem schleimigen »Mmm, lecker, Mum!« anfängt, würde ich ihr den Pudding am liebsten ins Gesicht klatschen. Und wenn sie sich zu mir rüberbeugt und auf die ganzen Fehler in meinen Mathehausaufgaben zeigt, würde ich ihr am liebsten meinen Kugelschreiber in den Finger bohren.

Wie konnte ich sie also loswerden? Wie konnte ich sie aus meinem Zimmer rauskriegen? Zuerst hab ich's mit einem Spuk probiert. Als am Freitagabend das Licht aus war, hab ich die Hand ausgestreckt, so weit es ging, und angefangen zwischen unseren Betten am Boden herumzukratzen und -scharren.

»Was war das?«

»Was?«

»Das Geräusch da.«

»Warst du das nicht?«

Sie schwieg beunruhigt und sagte dann: »Nein, ich war's nicht.«

»Ach je«, hab ich ganz munter gesagt, »vielleicht spukt's hier.« Dabei hab ich's gelassen, bis sie am nächsten Morgen ins Bad ist. Kaum war sie draußen, hab ich ganz weit das Fenster aufgerissen. Zum Glück läßt Hetty sich im Bad viel Zeit. Als ich sie zurückkommen hörte, hab ich das Fenster schnell wieder zugemacht. Es war eiskalt im Zimmer.

»Was ist denn hier los?« hat sie gefragt. »Das ist ja der reinste Eiskeller.«

Ich hab nur die Schultern gezuckt.

»Ja, komisch. Vor einer Minute war's noch so schön warm, und dann, gerade eben – wusch! – plötzlich diese sibirische Kälte.«

Sie hat ihr Handtuch fester um sich gewickelt und ist zur Heizung gegangen.

»Komisch, die Heizung ist noch an.«

»Sehr komisch. Ich dachte, so was passiert nur, wenn Geister umgehen.«

Sie schaute auf.

»Du meinst –«

»Hier?« lachte ich. »Wieso soll ausgerechnet hier ein grauenvoller Mord passiert sein?«

»Was für ein grauenvoller Mord?«

Ich sah sie an.

»Hast du denn nichts davon gehört? Ich dachte, die arme Henrietta Forbes kennt jeder. Ihr Mann hat sie aus Versehen in den Kleiderschrank gesperrt, den Schrank hat er versehentlich angezündet, und dann hat er in seiner Panik das Feuer mit der Axt gelöscht.«

Hetty setzte sich auf ihr Bett.

»Das hab ich nicht gewußt.«

»Jahrelang hat man ihren Geist noch auf der Straße gesehen. Aber dann kam ein Pfarrer und hat sie zur ewigen Ruhe gebettet. Soweit ich die Geschichte kenne, erscheint der Geist von Henrietta Forbes jetzt nur noch, wenn sich jemand mit demselben Namen ungefragt in ihrem Haus breitmacht.«

Und zum Schluß hab ich noch ganz vergnügt gesagt: »Also kann dir ja nichts passieren.«

»Doch, natürlich!«

Ich fuhr herum und tat so, als ob ich jetzt erst draufgekommen wäre.

»Ach so! Hetty! Das kommt ja von Henrietta!«

Aber vielleicht bin ich doch keine so gute Schauspielerin, wie ich dachte, denn plötzlich hat sie kapiert und mich angegrinst, als wär ich der cleverste Mensch der Welt, nur weil ich mir eine blöde Geistergeschichte ausgedacht hatte. Da wurde mir klar, daß es zwecklos war, mit dem Spuk weiterzumachen. Deshalb hab ich am nächsten Tag was anderes ausprobiert, um sie aus meinem Zimmer zu vertreiben: die Nervensägen-Nummer. Ich hab gewartet, bis sie in ihre Hausaufgaben vertieft war, dann hab ich mein Matheheft mit den ganzen ›Versuch's noch mal, Pixie‹- und ›Ich muß mit dir reden‹-Anmerkungen genommen und hab es auf ihren Schreibtisch gelegt.

»Kannst du mir was erklären?«

Ob Hetty was erklären kann? Ob Lamas spucken können? Meine Stiefschwester kann Sachen erklären, bis die Hölle gefriert. Ich stand da, total angeödet, und sie hat mir eine Aufgabe nach der anderen erklärt – warum man sie so oder so angehen muß und wo man leicht was falsch machen kann. Es war so langweilig, daß ich sogar anfing zuzuhören, – und irgendwie muß was hängengeblieben sein, denn eine Woche später stand zum ersten Mal in meinem Leben ein nettes kleines ›Gut gemacht!‹ unter meinem Mathetest.

Aber es war zwecklos. Es hat Hetty nicht gestört, daß ich ihr Stunden von ihrer Zeit gestohlen hatte – sie schien es gar nicht zu merken. Danach hat sie, ohne sich zu beklagen, ein paar von ihren Lieblings-Fernsehsendungen verpaßt, weil sie noch einen Aufsatz schreiben mußte, und am nächsten Morgen ist sie früher aufgestanden, um ihre eigenen Mathehausaufgaben zu machen.

Da hab ich wieder die Taktik gewechselt und es auf die wortkarge Tour probiert.

»Kommst du heute nachmittag mit schwimmen?«

»Vielleicht.«

»Weißt du's nicht?«

»Jetzt noch nicht.«

»Wann weißt du's denn?«

»Wenn ich fertig bin.«

So ging das den ganzen Vormittag. Es war nicht so, daß ich überhaupt nicht mit ihr geredet hätte, und geschmollt hab ich auch nicht direkt. Aber leicht gemacht hab ich's ihr nicht. Ich hab gehofft, sie hätte plötzlich so die Nase voll von mir, daß ihre Schwester ihr immer noch lieber wäre und sie ihre Kleider aus meinem Schrank zerren würde und zu Sophie rüberrennen. Ich konnte mir richtig vorstellen, wie sie sich hinter meinem Rücken den Mund über mich zerreißen würden.

»Gemein! Gräßlich!«

»Egoistisch! Widerlich!«

Und fast wär's auch so gekommen. Sie ging wirklich raus. Aber nicht zu Sophie, um hinter meinem Rücken über mich herzuziehen. Keine Rede. Hetty, die Nervensäge, ging schnurstracks zu ihrer Mutter, um zu petzen.

Und dann stand Lucy in der Tür. Sie war so sanft und freundlich wie immer, aber da sie alles hatte liegen- und stehenlassen, um mit mir zu reden, wußte ich, daß es ihr ernst war. Die Sache war ihr wichtig.

Und plötzlich merkte ich, daß es mir auch ernst war. Daß mir die Sache sogar noch wichtiger war. Monatelang hatte ich meine Wochenenden bei ihnen verbracht, als ob sie so was wie die Halbzeit in einem Fußballspiel wären und das eigentliche Leben erst wieder anfängt, wenn ich am Sonntagabend nach Hause komme. Ich hatte es satt, meine Gefühle zu verbergen. Ich hatte es satt, den Mund zu halten. Und am meisten hatte ich es satt, Theater zu spielen.

Paß bloß auf, dachte ich. Nimm dich in acht, sonst kriegst du diesmal etwas mehr zu hören, als dir lieb ist.

Sie setzte sich hübsch ordentlich auf das Fußende von Hettys Bett und fing ganz vorsichtig an.

»Da gibt's ein Problem zwischen euch beiden?«

»Wieso?« fragte ich mißtrauisch.

»Hetty sagt, du redest nicht mehr mit ihr.«

»Tu ich doch.«

»Nicht richtig, sagt sie.«

Ich drehte mich weg.

»Vielleicht hab ich keine Lust, die ganze Zeit mit Hetty zu reden. Ich bin's schließlich nicht gewöhnt, daß jemand bei mir im Zimmer wohnt, der nicht zur Familie gehört.«

»Hetty gehört zur Familie.«

»Nein. Für mich nicht. Nicht richtig.«

Ich drehte mich wieder um und sah, daß Lucy plötzlich ganz nervös war. Sie hatte nicht damit gerechnet, daß ich gegen die Regeln verstoßen und endlich mal sagen würde, was ich dachte.

»Sie ist deine Stiefschwester«, erklärte sie.

»Ja, sie ist meine Stiefschwester, aber ich hab sie mir nicht ausgesucht. Du und Dad, ihr hattet wenigstens die Wahl. Es war eure freie Entscheidung, im selben Haus zu wohnen und im selben Zimmer zu schlafen. Aber Hetty und mich habt ihr einfach zusammen einquartiert. Wir hatten keine Wahl. Man erwartet einfach von uns, daß wir miteinander klarkommen, damit alle zufrieden sind.«

»Aber meinst du nicht«, sagte Lucy nachdenklich, »das ist bei den meisten Menschen auf der Welt so? Man kann sich ja nicht mal seine eigenen Eltern aussuchen, nicht wahr? Das ist reiner Zufall.«

Ich hab gedacht, ich hör nicht recht. Da versuche ich ihr zu erklären, wie ich mich fühle, wenn ich mein Zimmer mit jemandem teilen muß, den ich nicht leiden kann und der nicht mal zur Familie gehört, und Lucy hört überhaupt nicht zu! Sie sitzt da und versucht mich mit blöden Argumenten kleinzukriegen!

»Das ist was anderes!« fuhr ich sie an. »Was ganz anderes! Und das weißt du genau!«

Sie wurde knallrot. Sie merkte, wie wütend ich war. Sie wurde ganz aufgeregt und versuchte es mit einer anderen Taktik.

»Ich hatte, was dich betrifft, auch keine Wahl, aber ich versuche trotzdem, mit dir auszukommen.«

Dann wurde ihr klar, daß das ziemlich gemein war, und sie sagte schnell noch dazu: »Und dein Dad versucht, mit Sophie und Hetty auszukommen, obwohl er auch keine Wahl hatte. Wir versuchen's beide.«

»Das ist ja wohl das mindeste!« schimpfte ich. »Schließlich seid *ihr* schuld, daß alles so gekommen ist, und nicht ich oder Hetty und Sophie.«

Und um sie zu ärgern, sagte ich noch: »Oder meine Mum.«

Das saß. Man sah, daß sie sich beherrschen mußte, um nicht aufzuspringen und mir eine runterzuhauen. Ich weiß nicht, ob sie sich noch rechtzeitig am Riemen gerissen hätte, wenn sich nicht in diesem Moment mit einem leisen Quietschen der Türknauf gedreht hätte. Wir sahen es beide. Es gab keinen Zweifel. Erst dachte ich, Hetty, die Nervensäge, kommt zurück, um sich aufzuspielen. Aber als die Tür einen Spalt aufging, erkannten wir an der Länge des Schattens dahinter, daß es gar nicht Hetty war. Es war mein Dad.

Wir hörten, wie er leise die Luft einzog.

»Huch!«

Dann ging die Tür wieder zu. Er hatte wohl gespürt, daß bei uns dicke Luft war, und anstatt reinzukommen und die Dinge mit uns gemeinsam zu klären, hielt er sich lieber raus, wie immer.

Ich war kein bißchen überrascht. Und Lucy auch nicht. Aber sie ärgerte sich ziemlich, das sah man. Und sie gab sich keine Mühe, es zu verbergen.

»Toll!« zischte sie höhnisch in Richtung Tür. »Schleicht sich davon! Überläßt alles der bösen Stiefmutter, wie immer!«

Vielleicht hätte ich vorsichtiger sein sollen. Aber ich hab mich auch geärgert, und da ist es mir eben so rausgerutscht.

»Niemand hat dich gezwungen, ihn zu heiraten!«

Sie drehte sich zu mir um.

»Nein«, sagte sie eisig. »Niemand hat mich gezwungen. Und wenn ich auch nur die leiseste Ahnung gehabt hätte, worauf ich mich da einlasse, dann hätte ich's nicht für alles Geld der Welt getan!«

Ich war verblüfft. Wahrscheinlich sah man mir das an, denn Lucy fügte sarkastisch hinzu: »Du brauchst gar nicht so überrascht zu schauen. Hat dir je eine von deinen Freundinnen gesagt, sie will später mal Stiefmutter werden? Bestimmt nicht. Und ich sag dir auch, warum. Weil das ein Leben ist, das sich keine, die halbwegs bei Trost ist, aussuchen würde!«

»Immer noch besser als Stieftochter zu sein«, murmelte ich bitter. »Oder Stiefschwester.«

»Ach ja?« sagte sie gekränkt. »Also, ich finde, du kannst nicht behaupten, daß du dir da allzuviel Mühe gegeben hättest. Du kreuzt zweimal im Monat hier auf und zeigst nicht das geringste Interesse für irgend jemanden oder irgend etwas um dich herum. Sobald du glaubst, du kannst es dir erlauben, verziehst du dich in dein Zimmer und kommst nur noch zum Essen runter. Ich koche für dich. Ich beziehe dein Bett. Ich mache dein Zimmer sauber. Ich wasche sogar deine Sachen. Aber daß du auch nur *einmal* danke sagst, fällt dir nicht ein.«

»Alles kann man nun mal nicht haben!« brauste ich auf. »Entweder ich gehöre zur ›Familie‹« – hier verzog ich spöttisch den Mund – »oder nicht. Und wer zur Familie gehört, braucht sich nicht dauernd dafür zu bedanken, daß du saubermachst und kochst.«

»Hetty tut das aber.«

»Hetty!« versetzte ich höhnisch. »Natürlich! Die perfekte Hetty! Diese Nervensäge!«

Sie lief knallrot an.

»Nur zu. Du kannst so ekelhaft sein, wie du willst – ich weiß, was mir lieber ist: ein Kind mit Manieren oder eins ohne Manieren.«

Ich sah sie böse an.

»Ich habe sehr wohl Manieren!«

»Ach, ja?« Sie zog die Augenbrauen hoch. »Einerseits betonst du, daß du nicht zur ›Familie‹ gehörst« – sie ahmte meinen höhnischen Tonfall nach – »aber andererseits hast du keine Ahnung, wie man sich als Gast benimmt. Du sitzt da und läßt dich bedienen. Nie fragst du, ob du helfen kannst. Und in der ganzen Zeit, seit du hierherkommst, hast du mir kein einziges Mal auch nur eine Osterglocke aus dem Park mitgebracht.«

Jetzt war ich meinerseits gekränkt.

»Ich hab dir was zum Geburtstag geschenkt! Und zu Weihnachten auch!«

Sie lachte.

»Ja, toll! Seife! Und noch mal Seife! Was deine Mutter eben so in ihrem Geschenkevorrat hatte, nehm ich an.«

Ich hasse es, wenn sie von Mum redet.

»Hör bitte auf damit!«

»Womit?«

Sie schien ehrlich erstaunt.

»Mit den abfälligen Bemerkungen über meine Mum.«

»Abfällige Bemerkungen?« Sie starrte mich an. »Du wagst es, von abfälligen Bemerkungen zu reden, nachdem du meine Tochter eine Nervensäge genannt hast? Du hast doch eben selbst gesagt, man kann nicht alles haben!«

Ich ertrag's nicht, wenn man mich anschnauzt. Da dreh ich durch.

»Sie ist auch eine Nervensäge!« schrie ich. »Und was für eine! Genau wie ihre Schwester! Damit du's weißt: Ich kann keine von deinen blöden, streitsüchtigen Töchtern leiden!«

Lucy wurde totenblass, aber ich machte immer weiter.

»Und ehrlich gesagt«, brüllte ich, »kann ich überhaupt nichts an diesem Haus leiden. Auch nicht die Leute, die drin wohnen – außer meinem Dad, und der muß die ganze Zeit aufpassen, daß er mich nur ja nicht bevorzugt und sich groß mit mir beschäftigt!«

Ich konnte nicht anders: Ich brach in Zornestränen aus.

»Ich weiß einfach nicht, was ich hier machen soll«, schluchzte ich wütend. »Rausgehen ist witzlos, weil ich hier in der Gegend keine Freunde habe. Also hocke ich in diesem blöden Zimmer und drehe Däumchen, weil meine Sachen alle zu Hause sind.«

»Aber du könntest doch –«

»Kann ich nicht!« schrie ich sie an. »Du stellst dir das so einfach vor, aber ich kann nicht! Mum will nicht, daß ich meine Sachen hierher mitnehme. Sie erlaubt's nicht. Wenn sie merkt, daß was fehlt, motzt sie so lange rum, bis es wieder da ist!«

»Ich wußte ja nicht –«

»Niemand weiß was! Mich fragt ja keiner! Wie hättest

du's denn gern? Was möchtest du denn überhaupt?« Ich wischte mir mit dem Ärmel wütend die Tränen ab. »Alle zwei Wochen werde ich hierher verfrachtet, in eine doofe fremde Familie, und dann soll ich die ganze Zeit höflich sein!«

Ich ballte die Fäuste und stampfte mit dem Fuß auf.

»Dabei bin ich noch nicht mal mit euch verwandt! Und die ganze Zeit muß ich mir Sophies und Hettys ödes Gelaber anhören!«

Das saß.

»Jetzt hör mal zu! Ich hab's dir schon mal gesagt. Der Sonntag ist der einzige Tag, an dem Oma und Opa –«

»Na, und?« schrie ich sie an. »Was geht mich das an? Es sind doch nicht meine Großeltern! Sie sitzen in ihren Lehnstühlen und überlegen, was sie mir noch alles Langweiliges erzählen können, damit ich nicht merke, daß sie Sophie und Hetty gerade Geld zugesteckt haben und mir nicht!«

Lucy lief knallrot an. Sie hatte nicht gewußt, daß ich das bemerkt hatte.

»Siehst du?« rief ich hämisch. »Da meckerst du an mir rum, weil ich mich nicht benehme wie jemand, der zur Familie gehört, und weil ich dir zu Weihnachten doofe Seifen schenke. Warum meckerst du nicht an denen rum? Ich seh doch, was sie Sophie und Hetty schenken und was für poplige Sachen ich kriege. Aber ich nehm's ihnen nicht übel. Sie haben ja recht. Wir sind nun mal keine normale Familie. Nur du versuchst immer so zu tun, als wären wir eine. Du bist diejenige, die alles haben will!«

Da drehte sie zu meiner Überraschung wieder voll auf.

»Da bin ich aber nicht die einzige!« Sie kochte vor Wut. »In dem Punkt holt sich deine Familie Gold, Silber und Bronze auf einmal, das kann ich dir versichern!«

Sie stieß den Finger auf die Tagesdecke.

»Deine Mutter zum Beispiel! Sie erwartet von mir, daß ich alles für dich mache, wenn du in diesem Haus bist. Alles! Aber unterstützt sie mich vielleicht in irgendeiner Weise? Nein! Und wenn ihr was nicht paßt, wer kriegt dann die Vorwürfe? Dein Vater? Keine Spur. Ich natürlich! Ich sitze zwischen allen Stühlen. Nichts kann ich ihr recht machen, nicht mal so was Simples wie dich ins Kino einladen. Kauf ich dir eine Kinokarte, dann ist das ein Versuch, dich zu bestechen oder ihr abspenstig zu machen. Kauf ich dir keine, dann bin ich furchtbar gemein und bevorzuge meine eigenen Kinder. Ich kann machen, was ich will – es ist immer das Falsche!«

Jetzt stieß sie einen anderen Finger auf die Decke.

»Und dann dein Vater. Der will auch alles haben! Solange ich so tue, als wär alles in Butter, ist er unheimlich nett und strahlt und lächelt. Aber wenn ich den Mund aufmache, ändert sich das plötzlich. Wenn ich nur ein einziges Wort darüber verlauten lasse, daß du dich in diesem Haus schlecht benimmst, daß deine Mutter dauernd was zu kritisieren hat oder daß er nicht den Mumm hat, mit euch beiden über die Dinge zu reden, die Sophie, Hetty und mir das Leben schwermachen, dann bin auf einmal ich das Problem, und nicht etwa ihr drei. Er setzt ein Gesicht auf, als ob er sagen wollte: ›Wenn Lucy sich nicht so über diese Kleinigkeiten aufregen würde, dann wär alles in Ordnung.‹«

Jetzt zeigte sie auf mich.

»Und du! Du bist doch angeblich ein intelligentes Kind! Und trotzdem läufst du immer noch in diesem Haus herum, als ob du allen Ernstes glauben würdest, ohne Sophie, Hetty und mich wäre in deinem Leben alles in bester Butter!«

Sie warf die Hände hoch.

»Aber mach nur weiter so. Ich bin's ja gewöhnt. Macht alle drei so weiter und tut so, als wär ich das einzige Problem in eurem Leben. Redet euch ruhig weiter ein, daß ohne die böse Stiefmutter alles bestens wäre. Lebt weiter in eurer Traumwelt!«

Ich weiß nicht, was mich an dem Wort Traumwelt so ärgerte. Ich war wütend.

»Du lebst in einer Traumwelt!« rief ich. »Spielst Glückliche Familie und erwartest von den anderen, daß sie mitspielen! Aber ich spiel nicht mit. Wie käm ich dazu? Du weißt genau, daß ich nur deshalb hier bin, weil es meinen Dad kränken würde, wenn ich sage, daß ich nicht mehr kommen will.«

Lucy verzog das Gesicht.

»Ach, Pixie, ich wünsche mir so sehr, daß –«

»Hör auf!« schrie ich. »Hör auf damit! Vom Wünschen wird nichts wieder gut, und das weißt du auch! Das ist genauso dumm und sinnlos, wie wenn ich mir wünsche, daß du überfahren wirst, damit Mum und Dad wieder zusammenziehen und unser altes Haus zurückkaufen! So was passiert nicht, das müßtest du doch wissen!«

Sie war leichenblaß geworden, und ihre Stimme war nur noch ein leises Krächzen.

»Trotzdem muß ich es weiter versuchen. Verstehst du das nicht? Das hier ist mein Zuhause, meine Familie. Wenn alle unglücklich sind, dann hat das Ganze keinen Sinn. Dann geht alles kaputt.«

Sie brach in Tränen aus.

»Es ist sowieso schon alles kaputt«, sagte ich.

Und dann fing ich auch zu weinen an.

Sie streckte die Arme aus, und ich ging zu ihr. Ich konnte nicht anders. Wir saßen nebeneinander auf dem Bett und weinten uns die Augen aus. Sie strich mir übers Haar, und dann passierte etwas Komisches. Es klopfte an der Tür, und Dad steckte vorsichtig den Kopf herein. Er sah uns an, als ob er fragen wollte: »Wie wär's mit einer Tasse Tee für euch zwei Kampfhennen?«

Aber Lucy sagte ganz kühl: »Geh bitte weg.«

Vielleicht fand sie nur, daß er stört, aber das glaube ich nicht. Ich glaube, sie hatte einfach genug davon, daß er sich immer aus allem raushält, daß er sich mit dem, was allen anderen Probleme macht, nicht auseinandersetzt und erst dann angeschlichen kommt, wenn er denkt, das Gewitter ist vorbei und es kann nichts mehr passieren.

Mir ging's wie Lucy. Dad hätte so viel mehr tun können, um es uns allen leichter zu machen. Er hätte sich bemühen können herauszufinden, was mir Schwierigkeiten macht, und mir helfen, es Mum und Lucy zu erklären. Er hätte für mich eintreten können, wenn ich im Recht war – und vielleicht auch für Lucy, wenn ich im Unrecht war. Statt dessen lebte er einfach sein egoistisches ruhiges Leben weiter und tat so, als würde er nichts merken, oder er überließ alles Lucy und machte nicht den geringsten Versuch, das heillose Durcheinander in Ordnung zu bringen, das er angerichtet hat, als er unser Leben für immer verändert hat.

Lucy gab sich soviel Mühe. Warum tat er's nicht?

Jetzt war ich ganz auf Lucys Seite.

»Ja, geh weg.«

Das brauchte man ihm nicht zweimal zu sagen. Er verschwand. Und Lucy drückte mich fest an sich.

»Besser?«

Ich schniefte.

»Ein bißchen.« Und dann sagte ich noch – einfach, weil es stimmte: »Ich möchte keine Stiefmutter sein.«

Sie drückte mich noch mal an sich.

»Ich möchte auch nicht in deiner Haut stecken.« Sie zuckte die Achseln. »Aber es gibt viele Leute, mit denen ich nicht gern tauschen würde. Und trotzdem kommen die meisten letzten Endes irgendwie zurecht.«

Ich putzte mir die Nase.

»Lucy, was ich da gesagt habe von wegen, daß ich nur komme, um Dad nicht zu kränken, das stimmt nicht ganz. Manchmal, wenn Mum dauernd an mir rummeckert, wünsche ich mir, ich könnte hierherkommen und für immer bleiben. Ganz so schlimm kann's also nicht sein.« Ich putzte mir noch mal die Nase. »Aber wenn Hetty mich mit meinem Namen ärgert oder so, dann will ich sofort nach Hause und nie mehr wiederkommen.«

»Sie ärgert dich? Mit deinem Namen?«

»›Priscilla‹ nennt sie mich.«

Lucy sah ganz verdutzt aus.

»Und was ist daran zum Ärgern?«

Wieder stiegen mir die Tränen in die Augen.

»*Priscilla!*« jammerte ich.

Da nahm sie mich bei den Ellenbogen und schüttelte mich ein bißchen.

»Aber Priscilla ist doch ein sehr schöner Name. Und Cilla auch. Ich finde, da haben sich deine Eltern etwas ganz Wunderbares einfallen lassen.«

Und irgendwie, weil Lucy zum Schluß noch was Nettes über Mum und Dad gesagt hatte, hatte ich den Eindruck, daß der Streit jetzt vorbei war und daß keine unguten Gefühle zurückgeblieben waren. Ich trocknete meine Tränen und putzte mir zum dritten Mal die Nase. Dann half ich Lucy, Hettys Bett über den Flur wieder in Sophies Zimmer zu schieben.

»Mir macht's nichts aus«, sagte ich immer wieder. »Wenn sie will, kann sie ruhig bleiben.«

Aber Lucy blieb fest.

»Doch«, sagte sie, »es macht dir was aus. Wir machen's jetzt wieder wie früher, und wenn du dir's irgendwann anders überlegst und Hetty wieder in deinem Zimmer haben willst, dann brauchst du's nur zu sagen.«

»Okay.« Ich strich das Bettzeug glatt. »Okay.«

Und jetzt ist alles wieder so wie früher. Und trotzdem ist alles anders. Ich spiele nicht mehr Theater. Alle wissen, wie ich mich fühle, und ich weiß, wie sie sich fühlen. Wir spielen nicht mehr ›Glückliche Familie‹. Ich weiß, daß Lucy immer noch hofft, wir werden mal eine, aber wenigstens läßt sie uns jetzt Zeit.

Ich bin immer noch nicht gerade verrückt nach meinen Stiefschwestern: Hetty ist eine wahre Nervensäge, und Sophie geht mir auch auf den Geist, aber wir kommen besser miteinander klar. Hetty jodelt nicht mehr »Priscilla!« die Treppe rauf – das hat Lucy abgestellt –, und ich gehe dafür viel öfter runter als früher und gebe mir Mühe, ein bißchen umgänglicher zu sein. Und wenn ich schlau bin und meine Hefte mitnehme, dann hilft Hetty mir bei den Hausaufgaben. Es war ernst gemeint, als ich gesagt habe, sie kann gut erklären. Seit sie die Aufgaben mit mir durchgeht, versteh ich viel mehr von Mathe. Letzte Woche hat Miss O'Dell sogar gesagt, wenn ich so weitermache, kann ich im nächsten Halbjahr vielleicht in eine bessere Gruppe.

Und Hetty darf sich dafür richtig schön gruseln. Wenn ich abends im Bett bin, kommt sie immer in mein Zimmer und setzt sich ans Fußende.

»Erzähl mir noch was von dem Geist von Henrietta Forbes!«

»Ich hab dir doch schon alles erzählt. Wie ihr Geist an der Bushaltestelle erschienen ist und das Blut runtergetropft ist und daß ihr Arm halb ab war und ihre Hand noch die Buskarte festgehalten hat.«

Sie nickt.

»Und wie die Hundebabys in der Tierhandlung am Morgen einen total irren Blick hatten und wie verrückt gewinselt und sich gegen die Gitterstäbe geschmissen haben, wenn man ihnen ein Foto von Henrietta gezeigt hat.«

Sie nickt wieder. »Ja, das war toll. Soll ich Sophie holen, und du erzählst es noch mal?«

Ich schüttelte den Kopf. Ich erzähl nicht gern zweimal dieselbe Geschichte.

»Aber hab ich dir schon erzählt, wie man ihre blutige Leiche bei Mondschein auf dem Friedhof gefunden hat, schluchzend und schreiend, und wie sie an dem Grab von ihrem Mann herumgebuddelt hat?«

»Nein, noch nicht.«

»Doch, ganz bestimmt.«

»Nein, Pix, echt nicht.«

Sie wickelt sich gruselbereit in das Ende von meiner Daunendecke. »Erzähl!«

Das ist immer noch besser als wenn ich mir ihr Geschnüffel beim Lesen anhören muß. Also lege ich los.

»In einer stockfinsteren, stürmischen Nacht...«

Manchmal geht sie danach in ihr Zimmer zurück, aber nur, wenn ihre Schwester da ist. Wenn Sophie bei einer Freundin übernachtet oder auf einer Party ist oder bei Oma und Opa, dann bleibt Hetty bei mir. Wir holen die Matratze aus ihrem Zimmer und schleifen sie über den Flur.

Dad hört uns kichern und kommt aus dem Zimmer.

»Ich versteh einfach nicht, wieso ihr beide jedesmal diesen Zirkus machen müßt«, schimpft er. »Ihr macht doch die ganze Matratze kaputt. Wieso laßt ihr sie nicht einfach bei Pixie auf dem Boden?«

Wir beachten ihn gar nicht. Wir wissen's besser. Ich glaube, keine von uns will zu weit gehen. Sie ist mir gegenüber immer noch ein bißchen mißtrauisch, und ich komme mit ihr immer noch nur dann das bißchen besser klar, wenn das Licht aus ist und ich nicht sehen muß, wie sie den Kopf auf die Seite legt und sich in den Haaren rumfummelt oder wie sie die Katze wie ein Würstchen über meine Decke rollt.

Nur manchmal murmelt eine von uns, um ihn zu ärgern:

»Aber Lucy sagt...«

Da verschwindet er dann ziemlich plötzlich.

»Toll!« sagte Ralph. »Ich hab dir jedes Wort geglaubt.«

Pixie zuckte bescheiden die Schultern.

»Und jetzt erzähl uns von dem Geist von Henrietta Forbes.«

So etwas brauchte man Pixie wie üblich nicht zweimal zu sagen. Sie begann:

»Eines Nachts, als gerade ein Sturm tobte –«

Doch da kam aus dem Dunkel eine Stimme, die sie energisch unterbrach.

»Jetzt nicht, Pixie.«

Alle drehten sich nach dem Schatten um, den Colins Gestalt bildete.

»Warum nicht? Hast du Angst?«

»Nein, aber jetzt ist Robbos Geschichte dran«, erklärte Colin.

»Von mir aus können wir's auch lassen«, sagte Robbo hoffnungsvoll.

»Von dir aus vielleicht«, widersprach Colin, »aber ich will sie unbedingt hören.«

»Ich kann sie ja morgen erzählen.«

Aber alle wußten, daß sie morgen mit ihren Freunden wieder getrennte Wege gehen würden. Dies war die Nacht der Geschichten, und wenn Robbo seine nicht erzählte, bevor sie einschliefen, würden sie sie wahrscheinlich nie zu hören bekommen.

»Colin hat recht«, sagte Ralph. »Der Geist von Henrietta Forbes kann warten. Jetzt ist Robbo dran.«

»Los, Robbo.«

»Ich kann nicht. Ich weiß nicht, was ich sagen soll. Ich weiß nicht, wie ich anfangen soll.«

»Ganz einfach!« rief Pixie. »Fang mit ›Meine Mum und mein Dad...‹ an, der Rest kommt dann von allein.«

»Wenn du meinst...«, erwiderte Robbo zweifelnd.

Und er begann.

## Robbos Geschichte:
## *Das Problem ist Dumpa*

Meine Mum und mein Dad haben sich getrennt, als ich erst sechs war, deswegen kann ich mich nicht mehr genau erinnern. Ich weiß aber noch, wie mein Dad mal ein Loch in die Küchentür getreten hat, als sie sich gestritten haben. Meine Mutter hat geweint, und ich hab mit dem Nußknacker gespielt, also war's vielleicht an Weihnachten. Ich weiß es nicht mehr.

Dad ist noch oft zu uns gekommen. Mum hat Callie und mich dann in den Garten geschickt, und sie haben sich in der Küche endlos gestritten. Callie ist immer wieder rein und hat versucht, sie zu bremsen, aber ich bin draußen geblieben und hab stundenlang den Ball gegen die Hauswand gekickt. Und nach einer Weile ist Dad nicht mehr gekommen, und wir mußten ihn in seiner neuen Wohnung besuchen. Mir hat das nichts ausgemacht, aber Callie fand's furchtbar. Sie hat gesagt, es ist kalt und schmutzig und gräßlich da, und die Bettwäsche fühlt sich komisch an. Ich selber merke so was oft gar nicht, aber wenn sie's mir sagt, dann weiß ich, daß es stimmt, und versteh nicht, daß ich nicht selbst draufgekommen bin. Und dann geht es mir nicht mehr aus dem Kopf. Ich weiß noch genau, an welchem Haus wir gerade vorbeigegangen sind, als sie gesagt hat: »Unser Dad hat so viele Jahre gearbeitet, um das schöne Haus und die ganzen Möbel zu kaufen, und jetzt macht sich der Bart drin breit. Das ist ungerecht!«

So nennt sie ihn. Den Bart. Ich finde ihn eigentlich ganz nett, aber Callie haßt ihn richtig. Sie sagt, er meckert dauernd an ihr rum. Am Anfang, als er zu uns kam, hat Mum nicht erlaubt, daß er uns ausschimpft, außer wenn wir was ganz Dummes gemacht hatten, die nassen Finger in die Steckdose gesteckt zum Beispiel oder hinter dem Ball her auf die Straße gerannt. Sie hat nicht erlaubt, daß er sich in Familienangelegenheiten einmischt oder in Sachen, die mit der Schule zu tun hatten. Aber seit Dumpa geboren ist, hat anscheinend er das Sagen. Jetzt erzählt er Callie und mir dauernd, was wir zu tun haben, als ob er uns, nur weil er Dumpas Dad ist, genauso rumkommandieren könnte.

Mir macht das nicht so viel aus, aber Callie findet's furchtbar. Manchmal stellt sie sich hinter die Tür und äfft ihn leise nach.

»Kämm dich doch bitte, Callie, deine Haare sehen ja aus wie ein Rattennest.« »Hast du deine Hausaufgaben gemacht, Callie?« »Hast du dein Fahrrad abgeschlossen?« »Ist das dein Zeug, was da auf dem Boden rumliegt? Räum das bitte weg!«

Sie klingt genau wie er. Manchmal hält sie sich noch ihren Plüschpantoffel als Bart ans Kinn.

»Callie, hast du die Sterne abgestaubt? Hast du den Mond poliert? Heute bist du dran mit Sonnenstrahlensauberwischen.«

Einmal bin ich vor Lachen rückwärts die Treppe runtergefallen und mußte ins Krankenhaus, um mir den Kopf röntgen zu lassen. Aber Callie findet das nicht komisch.

Als er sie einmal angemotzt hat, weil sie im Bad nasse Handtücher auf dem Boden hat liegenlassen, da hat sie gesagt, sie würde ihm Rattengift ins Essen tun, wenn sie wüßte, daß sie ungeschoren davonkommt.

Und wenn Dumpa nicht wäre.

Dumpa ist nämlich das Problem. Er ist erst drei, und er ist das süßeste Kind der Welt, das gibt sogar Callie zu. Ich hab mich, bis Dumpa geboren wurde, nie für Babys interessiert. Ich fand sie einfach doof. Aber als Roy uns zu Mum ins Krankenhaus mitgenommen hat, da hat er das winzige Bündel aus der Plastikwiege geholt und mir in die Arme gelegt. Und plötzlich hat es geniest – das süßeste Nieserchen, das ihr je gehört habt –, und seine Augen sind ganz überrascht aufgeklappt, und es hat über meine Schulter weg Roy angeschaut. Er hat gesagt, Dumpa ist noch viel zu klein, um ihn richtig anzuschauen, aber Mum und ich wußten's besser. Und Dumpa hat uns bewiesen, daß wir recht hatten. Er läuft Roy nach wie ein Entenküken. Manchmal leihen ihn sich die Zwillinge von nebenan für ihre Spiele aus.

»Sperr Dumpa in den Schrank. Wenn er gegen die Tür hämmert, tun wir so, als wär's ein Gespenst.«

»Nein, spielen wir lieber Gefängnis. Setz ihn in sein Gitterbett.«

»Oder wir setzen ihm den roten Hut auf, und er ist der Nikolaus.«

»Nein, wir spielen, er wär ein Frosch. Du gibst ihm einen Kuß, und dann sehen wir mal, ob er ein Prinz wird.«

Aber sobald Roy nach Hause kommt und Dumpa die Gartentür hört, strampelt er so lange, bis sie ihn loslassen, und rennt die Treppe runter in Roys Arme. Mum schüttelt den Kopf und sagt: »Ein richtiges Vaterkind.« Und Callie macht das Gesicht, das Roy so nervt, und flüstert mir zu: »Wie schön für Dumpa! Wenigstens er lebt mit seinem Dad unter einem Dach!«

Aber mir macht das eigentlich nichts aus. Ich find's schön, wie Roy Dumpa auf den Kopf stellt und mit ihm Staubsauger spielt. Als Roy mal für eine Woche wegfuhr, weil seine Mutter krank war, da war Dumpa völlig ungenießbar.

»Dada haben!«

»Kommt Dada bald wieder?«

»Woy soll wiederkommen, Wobbo!«

Ich bin schier verrückt geworden. Bis zum Donnerstag war ich auf hundertachtzig. Und als Callie dann die Gartentür klicken gehört hat und zum Fenster rausgeschaut und gesagt hat: »Na, so eine Überraschung! Da ist der Bart ja wieder«, da hätte ich fast losgejubelt. Dumpa ist vor lauter Aufregung die Treppe runtergefallen, und Callie hat sich einen Spaß draus gemacht, Roy den ganzen Abend zu piesacken.

»Wie geht's denn deiner Mutter, Roy?«

»In welchem Krankenhaus liegt sie denn?«

»Was hat sie eigentlich?«

An seinem Rumgedruckse hab ich gemerkt, daß Callie die ganze Zeit recht gehabt hatte. Roys Mutter war gar nicht krank. Es war klar: Er hatte Streit mit Mum gehabt und war einfach abgehauen.

»Und wie hast du das erraten?« hab ich Callie gefragt.

»Ich hab's dir doch gesagt. Kein Mensch reist so plötzlich ab, um jemanden im Krankenhaus zu besuchen, ohne daß vorher ein Anruf kommt. Und an dem Abend gab's keinen Anruf. Nur jede Menge Gezischel und Geflüster im Schlafzimmer. Und am nächsten Morgen hatte Mum rote Augen. Und daß sie am Samstag viel netter zu Dad war, hast ja sogar du gemerkt. Ich glaube...«

Sie verstummte. Ich wußte, was sie dachte, und sah sie ganz lange an, damit sie merkte, daß ich's wußte.

Sie wurde knallrot.

»Unmöglich ist es nicht«, sagte sie. »Das gibt's doch, daß Paare wieder zusammenkommen. Man kann nie wissen.«

Aber das Problem ist Dumpa. Ich weiß nicht, was Dad davon halten würde, wenn er zurückkäme und dann für Dumpa sorgen müßte. Und wahrscheinlich würde Roy sein einziges Kind sowieso nicht jemand anderem überlassen, schon gar nicht Dad. Sie würden Streit bekommen deswegen, und Callie und ich wissen nur zu gut, wie schlimm das sein kann. Ich fand die Vorstellung schrecklich, daß Dumpa am Tisch sitzt und mit dem Nußknacker spielt, während sich alles um ihn herum zankt.

Aber Callie fand, es wäre trotzdem den Versuch wert.

»Hör zu: Du läßt das Wochenende bei Dad sausen und schleppst Mum ins Einkaufszentrum, damit sie dir die neuen Fußballschuhe kauft. Sobald du weißt, wann ihr dort seid, rufst du mich an, und ich schleppe Dad auch unter irgendeinem Vorwand hin. Und wenn wir uns getroffen haben, dann tu ich so, als hätte ich einen Hustenanfall, und wir gehen alle zusammen in ein Café und trinken was.«

Ganz schön clever, meine Schwester. Es lief alles wie am Schnürchen. Wir saßen an einem von den Marmortischen in Ginas Eisdiele, und Callie hat versucht, die Sache in Gang zu bringen.

»Ach, ist das schön!«

Und ich hab mitgezogen.

»Wie eine richtige Familie.«

»Ihr lebt doch in einer richtigen Familie«, wies Mum mich scharf zurecht.

»Fahr den Jungen nicht so an, Hope«, sagte Dad ärgerlich. »Du weißt genau, was er meint.«

Und schon lagen sie sich wieder in den Haaren. Dad wollte wissen, wieso Mum erlaubt, daß ich das Wochenende bei ihm sausen lasse, obwohl ich gar kein Match habe, und Mum hat gesagt, sie wundert sich, daß wir überhaupt noch zu ihm wollen, bei seiner miesen Laune. Schließlich sind Callie und ich aufgestanden und haben uns vor die Eistortenauslage gestellt.

»Läuft hervorragend, was?« sagte Callie sarkastisch.

»Zusammen sind die zwei unmöglich.«

Sie drehte sich um und sah mich an.

»Genau! Zusammen! Also probieren wir was anderes.«

Und das taten wir. Das ›andere‹ war eine ganze Latte von faustdicken Lügen.

»Mum bedankt sich, daß du meinen Pulli zurückgeschickt hast.«

»Dad fand es wirklich nett von dir, daß du ihm meinen Fußball-Terminplan geschickt hast.«

»Mum sagt, deine Currygerichte schmecken viel besser als Roys.«

»Dad fand das toll, wie clever du seinem Nachbarn den Parkplatz weggeschnappt hast.«

Mit der Zeit wurden wir richtig gut darin. Ich sah mich schon als Top-Krisenmanager, der zwischen zwei hitzigen Kampfhähnen Frieden stiftet. Und nach einer Weile ist was Komisches passiert. Ohne es zu merken, haben sie den Job selber übernommen.

»Fragt Dad mal, ob er euch in den Weihnachtsferien ein paar Tage länger haben will.«

»Fragt Mum mal, ob sie neue Reifen für ihr Auto braucht. Ich kenn da einen Typen, der billig welche besorgen kann.«

»Vergeßt nicht, den übrigen Obstkuchen für Daddy mitzunehmen.«

»Eigentlich könntet ihr Mum die Ableger geben, die Tante Sue mir dagelassen hat. Bei mir werden sie ja doch nichts.«

Callie wurde immer optimistischer.

»Die Sache läuft«, sagte sie zu mir. »Wir haben's fast geschafft.«

Aber ich war mir da längst nicht so sicher. Ich fand, es ist immer noch ein großer Unterschied, ob die beiden wie vernünftige Menschen miteinander umgehen und sich unaufgefordert Obstkuchen oder Ableger schicken, oder ob sie wieder unter einem Dach leben möchten. Aber ich wollte Callie die Freude nicht verderben. Bei jeder Kabbelei zwischen Mum und Roy bekam sie leuchtende Augen.

»Der Bart hat wieder mal Probleme«, sagte sie zum Beispiel. »An dem Abend, an dem sie ausgehen wollte, machte er Überstunden.«

Oder: »Mum ist stinksauer. Er hat die Einkäufe auf dem Tisch stehenlassen, und jetzt ist das ganze Eis geschmolzen.«

Manchmal kam sie morgens hoffnungsvoll in mein Zimmer: »Gestern abend hatten sie, glaub ich, mal wieder Knatsch.«

Ich hab versucht, sie zu warnen.

»Streiten tun viele. Das hat noch nichts zu sagen.«

»Bei Dad schon. Und Roy ist ja auch schon mal abgehauen.«

»Und wieder zurückgekommen.«

Aber Callie hatte sich schon alles ausgemalt.

»Wart's ab. Irgendwann kriegen Mum und der Bart einen Riesenkrach, und dann macht er die Fliege, so wie letztes Mal. Aber diesmal wird Mum nicht Trübsal blasen, sondern mit Dad Kontakt aufnehmen.«

Ihr Blick fiel auf die pummeligen kleinen Fäuste, die sich aus den Ärmeln eines acht Nummern zu großen, hoffnungslos schlotternden Fußballtrikots ins Freie kämpften.

»Das Problem ist natürlich Dumpa...«

Schweigend schauten wir ihm eine Weile zu. Dann sagte Callie: »Er muß eben damit fertigwerden. Das mußtest du schießlich auch. Und ich auch. Also kann Dumpa es auch.«

»Aber er ist doch erst drei.«

»Fast vier.«

Der Krach kam genau an seinem Geburtstag. Aber nicht zwischen Mum und Roy. Jedenfalls nicht am Anfang. Zuerst bekamen Callie und Roy Streit. Roy hatte sie dabei erwischt, wie sie ihr Fahrrad durch den engen Zwischenraum zwischen den Büschen und seinem Auto schob.

»Callie! Du weißt doch, daß du das nicht sollst. Geh außen rum!«

»Ich hab's aber eilig.«

»Du kannst da nicht durch. Das gibt Kratzer am Auto.«

»Ich paß schon auf.«

»Callie! Ich warne dich! Komm sofort zurück!«

Callie ratschte das Rad wütend an den Büschen entlang, so daß ein paar Zweige abbrachen.

»Du hast mir überhaupt nichts zu sagen! Du bist nicht mein Vater!«

Da packte er sie am Handgelenk und drehte sie zu sich herum.

»Aber das ist mein Auto, das du da verkratzt!«

»Aber es steht in unserer Einfahrt! Vor unserem Haus! In unserem Garten!«

»Jetzt hör mal zu«, zischte er ihr ins Ohr. »Allmählich hab ich genug von dir!«

Die Tränen schossen Callie aus den Augen.

»Und wir haben genug von dir! In alles mischst du dich ein! Du gehörst nicht zu uns! Du kommandierst hier nur rum und bist ekelhaft, und sogar Mum hat die Nase voll von dir!«

Ich glaube, er hätte sie um ein Haar geschlagen, aber in dem Moment riß Mum das Fenster auf.

»Roy! Laß Callie bitte sofort los!«

Roy starrte sie mit offenem Mund an.

»Du stehst also auf ihrer Seite?«

»Ich steh auf überhaupt keiner Seite«, rief Mum. »Aber sie will, daß du sie losläßt, und ich will auch, daß du sie losläßt.«

»Weil sie nicht meine Tochter ist? Deswegen?« Er ließ Callies Handgelenk fallen, als ob er sich daran verbrannt hätte. »Ich will dir mal was sagen, Hope. Wenn ich gut genug dafür bin, jeden Morgen eine halbe Stunde früher aufzustehen, um sie zur Schule zu fahren, wenn ich gut genug dafür bin, Überstunden zu machen, um das Dach über ihrem Kopf reparieren zu lassen, und wenn ich gut genug dafür bin, durch den Supermarkt zu tigern und die Sachen zu kaufen, die sie gern ißt, dann bin ich auch gut genug dafür, sie daran zu hindern, daß sie mein Auto zerkratzt!«

Mum hat das Fenster zugeknallt, und jetzt war's soweit. Der Krach war da. In den nächsten Tagen haben sie x-mal versucht, sich zu einigen, aber jede Diskussion hat in Wutausbrüchen und Türenknallen geendet oder in Schweigen und eisigen Blicken. Sie kamen überhaupt nicht mehr klar. Roy hat darauf bestanden, daß es sein gutes Recht ist, von Callie zu verlangen, daß sie tut, was er sagt. Und Mum hat gemeint, das würde nichts nützen. »Glaub mir«, hat sie immer wieder gesagt, »es ist besser, du überläßt das alles mir. Callie hat ihren Stolz, und wenn du was erzwingen willst, dann fängt sie irgendwann an, dich zu hassen.«

Irgendwann! Denen hätte ich was erzählen können. Aber ich hab den Mund gehalten. Die Tage vergingen unheimlich langsam, und jeder konnte sehen, daß alles immer schlimmer wurde. Am Mittwoch kam Callie zwanzig Minuten zu spät zur Schule, weil Roy plötzlich beschlossen hatte, sie nicht mehr zu fahren. »Ich nehm nur Leute mit, die höflich zu mir sind«, hatte er erklärt. »Und Callie redet kaum noch mit mir.« Am Donnerstag kam er ohne Callies Lieblingsmüsli vom Einkaufen zurück. »Ich kauf nur für Leute ein, die so danke sagen, daß man's ihnen auch abnimmt.« Und als es am Freitag zu schneien anfing, wollte er nicht mit uns zum Schlittenberg, obwohl Mums Auto in der Werkstatt war. »Für Dumpa reicht die Böschung im Garten. Und Callie sagt ja selbst, ihr habt genug von mir.«

»Mistkerl!« murmelte Callie und schaute in das herrliche weiße Schneegestöber hinaus. Eine Träne rollte ihr die Backe hinunter, und ich wußte, daß sie daran dachte, wie Dad uns früher aus dem Haus und ins Auto gescheucht hat, damit wir die ersten am Schlittenberg sind. Die ersten, die ihre Spuren in die riesige, vollkommen weiße Schneedecke drücken. Die ersten, die die steilen Hänge runterrasen, ohne den Leuten, die ihre Schlitten raufziehen, ausweichen zu müssen. Die ersten in der ganzen weißen Welt, so kam's uns damals vor.

Callie folgte mit dem Finger einer Schneeträne die Fensterscheibe hinab.

»Wenn doch nur –«

Aber sie konnte es nicht sagen. Und ich tat so, als hätte sie was anderes gemeint.

»Vielleicht fährt Roy ja morgen mit uns hin.«

Sie zuckte die Schultern. Es war ihr egal.

»Vielleicht.«

Aber er tat es nicht. Roy ist auf seine Art genauso stur wie Callie. Den ganzen Vormittag hat er eine Riesenshow daraus gemacht, wieviel er zu tun hat. Er hat den Schuppen aufgeräumt und ganze Ladungen Müll zu den Tonnen geschleppt. Dumpa natürlich immer hinterdrein, unter dem Küchenfenster hin und her.

Mum hat die Tür bei dem eisigen Wind nur einen Spaltbreit aufgemacht.

»Komm rein, Dumpa.«

Er schüttelte so heftig den Kopf, daß seine Wollmütze auf den verschneiten Weg fiel.

Mum probierte es noch einmal.

»Dumpa! Du erfrierst ja da draußen. Komm rein!«

Callie und ich sahen aus dem Fenster, wie Dumpa sich umdrehte und davonstapfte.

»Roy! Bitte, schick Dumpa rein! Er ist ja schon ganz blaugefroren.«

Roy stellte sich taub und verschwand im Schuppen.

Da zog Mum ihre Stiefel an und ging hinaus. Callie machte das Fenster auf, um besser zu hören. Der Wind wehte ihr Haar hoch und blies ihr den nassen Schnee ins Gesicht, aber sie merkte es gar nicht. Sie war entschlossen, jedes Wort mitzukriegen.

»Roy!« Mum rüttelte an der Schuppentür.

»Roy! Sag Dumpa bitte, er soll reinkommen.«

Roy steckte den Kopf heraus.

»Er will ganz offensichtlich bei mir bleiben.«

Aber Mum ließ sich nicht abwimmeln.

»Es ist eiskalt. Ich möchte, daß er reinkommt.«

»Wieso denn? Sind dir zwei Kinder nicht genug?«

Mums Antwort war so eisig wie der Wind, der ihr den Schnee ins Gesicht blies.

»Das ist doch lächerlich. Es geht doch nicht darum, daß Dumpa für einen von uns Partei ergreift.«

Roy hob eine Kiste mit zerbrochenen Blumentöpfen hoch.

»Wieso nicht? Du hast es ja anscheinend auch getan. Also kann er's auch.«

»Was soll das heißen?«

Roy gab keine Antwort, und Mum drehte sich zu Dumpa um, der ganz verloren im Schnee stand und an seinem durchweichten Fäustling nuckelte.

»Komm mit, Dumpa.«

Dumpa sah ängstlich zu Roy hin, der ihm einfach einen kleinen Stapel Plastikblumentöpfe in die Hand drückte, damit er ihn zu den Mülltonnen brachte.

Neben mir zischte Callie: »Dieser Mistkerl! In alles muß der sich einmischen! Hoffentlich bleibt er den ganzen Tag draußen und erfriert!«

Aber das Problem war Dumpa. Einen Moment sah es so aus, als ob Mum die Geduld verlieren und ihn sich einfach unter den Arm klemmen würde, aber sie überlegte es sich anders. Wir alle wissen, daß es praktisch unmöglich ist, Dumpa von Roy fernzuhalten, wenn er zu Hause ist. Und wahrscheinlich wollte sie auch nicht, daß Roy sieht, wie sie den schreienden, zappelnden Dumpa ins Haus schleppt.

Also sagte sie schließlich, so würdevoll sie konnte: »Ich hoffe, du kommst in ein paar Minuten wieder zur Vernunft und bringst ihn rein.«

Aber das tat er nicht. Die beiden brachten noch mindestens drei Ladungen Müll zu den Tonnen, bevor Mum aufgab.

»Robbo«, sagte sie zu mir, »bitte versuch du ihn reinzuholen.«

Und ich versuchte es. Ich nahm die winzigen trockenen Handschuhe, die sie mir gab, und ging hinaus. Der eisige

Wind wehte mir direkt in den Kragen. Es war so kalt, daß ich meinen Trumpf sofort ausspielte.

»Dumpa, wenn du reinkommst, spielen wir Kopfball.«

Dumpa schüttelte nur den Kopf. Ich wandte mich an Roy.

»Mum macht sich Sorgen um ihn. Sie will, daß er reinkommt.«

»Er ist warm genug eingepackt. Es ist doch nur Schnee.«

Er zog Dumpa die nassen Fäustlinge aus und öffnete die geballten kleinen Fäuste, um sie in die trockenen Handschuhe zu stecken. Dumpas Finger waren steif vor Kälte, und Roy ging es nicht viel besser.

»Was soll das denn?« fragte ich. »Warum räumst du ausgerechnet heute den Schuppen auf? Dumpa würde doch mitkommen, wenn du reingehen würdest.«

»Reingehen zu was?« fragte Roy sarkastisch und stampfte davon.

Ich konnte nichts sagen, denn ich wußte genau, was er meinte. In ein Haus gehen, in dem ihm kälter war, als wenn er im Januar im Garten arbeitete, in dem er frostigen Blicken und eisigem Schweigen begegnete.

Aber dann fiel mir etwas ein, und ich rief ihm nach: »Du könntest es doch wenigstens für Dumpa tun!«

Roy fuhr herum. Seine Augen blitzten wie die glitzernden Schneeflocken in seinem Bart.

»Sag du mir nicht, was ich für Dumpa tun muß!« schnauzte er mich an. »Immerhin bin ich noch da. Genügt das nicht?«

Ich starrte ihn an. Ich hatte, ehrlich gesagt, noch nie daran gedacht, daß Roy, wenn Dumpa nicht wäre, vielleicht gar nicht mehr bei uns wohnen würde. Plötzlich wurde mir klar, daß er in der Woche, als er weggewesen war, gar nicht die Absicht gehabt hatte zurückzukommen. Wieso war Callie nicht darauf gekommen? So etwas merkte sie doch sonst so schnell. Vielleicht hatte sie ihn so sehr fortgewünscht, daß sie gar nicht registriert hatte, daß er, wenn Dumpa nicht wäre, genausogut hätte wegbleiben können.

Also war Dumpa auch für Roy das Problem.

Wahrscheinlich machte es Roy nervös, daß ich ihn so lange anstarrte, ohne etwas zu sagen. Schließlich brach er selbst das Schweigen.

»Okay«, sagte er. »Nimm Dumpa mit rein.«

Dumpa setzte sein trotziges Gesicht auf.

»Komm mit«, sagte ich und streckte die Hand aus.

Dumpa versteckte die Hände hinter dem Rücken. Ich sah, daß wir ein schweres Stück Arbeit vor uns hatten, und Roy sah es auch.

»Was machen wir jetzt?« fragte er leise über Dumpas Kopf hinweg.

»Erdbeer-Rakete«, antwortete ich in Lippensprache. Meinen Trumpf hatte ich ja schon ausgespielt. Und Dumpas Leidenschaft für Eis am Stiel hält das ganze Jahr über an.

»Okay«, sagte Roy zu Dumpa. »Robbo geht jetzt rein und holt dir ein Eis am Stiel, und wenn das alle ist, gehst du ins Haus. Ist das ein Vorschlag?«

Dumpa nickte. Jedes Kleinkind hat seinen Preis. Er kam mit mir bis zur Küchentür und grinste Mum an, während ich eine Erdbeer-Rakete aus dem Tiefkühlfach nahm.

»So«, sagte ich und drückte ihm den dünnen Stiel durch ein Loch in seinem Handschuh fest in die Hand. »Sobald du's aufgeschleckt hast, kommst du rein.«

Er nickte wieder und stapfte durch den Schnee davon. Ich drehte mich zu Mum und Callie um.

»Geschafft!« verkündete ich stolz.

Aber von wegen! Wir standen zu dritt am Fenster und sahen uns fast eine Stunde lang an, wie Dumpa uns austrickste. Er streckte nicht ein einziges Mal die Zunge raus, um an seiner Erdbeer-Rakete zu lecken. Das Ding saß senkrecht, rosa und unangetastet an seinem Stiel, und da es draußen kälter war als in jedem Tiefkühlfach, schmolz es auch nicht.

»Ich geh raus und hol ihn«, erklärte Mum immer wieder, aber obwohl sie mehrmals in ihre Stiefel schlüpfte, war doch klar, daß sie sich einem neuen Streit mit Roy nicht gewachsen fühlte.

»Der ist total übergeschnappt«, sagte Callie und wischte ein neues Guckloch in die beschlagene Scheibe. »Wieso kommt er nicht rein, ins Warme?«

»Weil er Dadas Sohn ist.«

Das hatte ich von Mum bestimmt schon tausendmal gehört. Sonst hatte es immer geduldig und belustigt geklungen, aber diesmal klang es anders. Es klang hilflos.

»Ich mein doch nicht Dumpa«, sagte Callie. »Ich mein Roy. Wieso kommt er nicht rein?«

Warum ich's ihr sagte, weiß ich eigentlich selber nicht so genau. Ich würde mir gern einreden, es war deshalb, weil mir plötzlich klarwurde, daß Mum genug davon hatte, den Schiedsrichter zwischen Callie und Roy zu spielen. Was war, wenn sie damit aufhörte? In dem Moment, wo sie den Glauben daran verlor, daß die beiden irgendwann lernen würden, miteinander unter einem Dach zu leben, mußte sie Roy bitten zu gehen. Und dann würde sie entweder Dumpa verlieren, oder Dumpa würde seinen heißgeliebten Dada verlieren. Aber vielleicht hatte ich die Nase genauso voll wie Roy von der schrecklichen Atmosphäre in unserem Haus. Plötzlich hatte ich das Gefühl, das Ganze dauerte schon viel zu lange – wie ein Fußballspiel, das gleich zu Anfang unentschieden steht und sich dann endlos hinzieht. Kein Abseits. Keine riskanten Pässe. Keine hohen Flanken. Keine genialen Durchbrüche.

Unser Trainer sagt immer: »Los, Jungs, ran!«

»Ich sag dir, warum er nicht reinkommt. Weil's ihm genauso stinkt wie uns. Er fühlt sich hier nicht willkommen. Eigentlich würde er gern gehen, aber das Problem ist Dumpa.«

Mum sank auf die Armlehne eines Sessels, als ob ich sie k.o. geschlagen hätte.

»Robbo! Sag doch nicht so was Schreckliches!«

Mit Callies Unterstützung kann man immer rechnen, wenn sie die Chance hat, Roy eins auszuwischen.

»Ihr habt euch doch in letzter Zeit nur noch gestritten.«

»Jeder streitet mal«, verteidigte Mum Roy und sich selbst. »Kinder in Dumpas Alter sind nun mal anstrengend. Ziemlich anstrengend sogar. Meistens streiten wir uns um dumme Sachen wie geschmolzenes Eis und vergessene Ausgehtermine. Wenn Roy und ich ab und zu mal ein bißchen Zeit für uns hätten, dann kämen solche kleinen Reibereien viel seltener vor.«

»Das sind nicht nur kleine Reibereien«, beharrte ich. »Einmal ist Roy abgehauen und eine ganze Woche weggeblieben.«

Mum wurde rot.

»Das war was ganz anderes. Das war –«

Sie sah Callie an und brach ab. Aber Callie fing ihren Blick auf.

»Ich weiß schon, was du meinst. Das war wegen mir.«

Mum nickte. »Es ist eben nicht einfach«, sagte sie. »Du regst dich über ihn auf, und er regt sich über dich auf. Und ich sitze zwischen allen Stühlen.« Sie schüttelte den Kopf. »Aber laß nur. Es ist bestimmt nur eine Frage der Zeit.«

Unser Trainer sagt immer: »Druck machen! Nicht lockerlassen!«

»Wieso eine Frage der Zeit?« hakte ich ein. »Dad war kaum ausgezogen, da ist Roy hier eingezogen. Und Dad und du, ihr habt euch tausendmal besser verstanden als Callie und Roy.«

Mum starrte mich an.

»Was ist denn heute los mit dir? Wieso bringst du das plötzlich alles aufs Tapet?«

»Weil mir das Ganze stinkt. Ich will noch mal von vorn anfangen. Neue Saison, neues Spiel.«

Ich sah Callie vielsagend an.

»Vielleicht sogar neue Mannschaft.«

Callie erwiderte meinen Blick, als ob sie endlich kapiert hätte, was ich ihr in den Mund legen wollte.

»Ja«, stimmte Mum zu. »Gute Idee. Versuchen wir's noch mal. Neue Saison, neues Spiel.«

Die neue Mannschaft ignorierte sie. Und Callie auch.

»Nein«, sagte sie entschieden. »Hör auf, dir was vorzumachen. Es hat keinen Zweck. Ich versteh mich mit Roy einfach nicht. Ich hab's immer wieder probiert, aber ich kann ihn nun mal nicht riechen.«

Sie sah Mums Gesichtsausdruck, und ihre Stimme wurde lauter und klagender.

»Schau mich nicht so an! Du weißt doch, daß es so ist. Ich kann ihn einfach nicht ausstehen. Ich kann sein Gesicht nicht ausstehen, seine Stimme, seinen Bart und überhaupt alles an ihm. Ich kann's nicht ausstehen, wenn er versucht, nett zu mir zu sein, und ich kann's nicht ausstehen, wenn er sauer auf mich ist. Und am wenigsten kann ich's ausstehen, wenn er mich rumkommandiert.«

Die Tränen liefen ihr übers Gesicht.

»Und sag nicht, ich werde mich schon dran gewöhnen! Das läuft nicht, das weiß ich genau. Und Robbo weiß es auch. Sogar Roy weiß es. Und wenn du ehrlich mit dir selber bist, dann weißt du's auch. Ich werd mich nie an Roy gewöhnen. Nie, nie, nie. Für mich wird er nie zur Familie gehören. Für mich ist er ein Fremder im Haus.«

Ihre Stimme wurde zum Flüstern.

»Und wenn er hier ist, kommt mir unser Haus schon gar nicht mehr wie ein Zuhause vor.«

Ich verfolgte das Kreisen des Sekundenzeigers an der Wanduhr.

›Nicht nachlassen jetzt, Callie‹, versuchte ich sie durch Willenskraft zu beeinflussen. ›Los, aufs Tor!‹

Mum breitete die Arme aus, und Callie warf sich auf die Knie und vergrub ihren Kopf in Mums Schoß. Mum strich ihr sanft tröstend übers Haar. Ich fand, jetzt konnte nur noch der Schlußpfiff kommen. Ende des Spiels. Um ein Haar verloren.

Aber ich irrte mich. Was Callie dann sagte, kam so erstickt heraus, daß Mum und ich es kaum verstanden. Aber es kam heraus.

Mum hörte auf, Callie zu streicheln und sah zu mir auf. »Was hat sie gesagt?«

Manchmal muß man ein Risiko eingehen, um das Spiel zu beenden. Ich holte tief Luft.

»Ich glaub, sie hat gesagt, sie will lieber bei Dad wohnen.«

Mum sah aus, als ob ich sie geschlagen hätte.

»Aber sie mag seine Wohnung doch gar nicht! Sie sagt, es ist kalt und gräßlich da und überhaupt nicht wie ein richtiges Zuhause.«

Callie vergrub ihren Kopf noch tiefer in Mums Schoß, also war ich wieder dran.

»Ich glaub, sie wär immer noch lieber dort, auch ohne uns, als mit Roy hier.« Wieder verfolgte ich das Kreisen des Sekundenzeigers. Man hörte nichts als Callies unterdrücktes Schluchzen.

Und endlich, endlich fand Mum den Mut, Callies tränenüberströmtes, schmerzerfülltes Gesicht zu heben.

»So schlimm findest du ihn? Wirklich so schlimm?«

Und endlich, endlich fand Callie den Mut zu nicken.

Und jetzt ist es soweit. Ende nächster Woche zieht meine Schwester zu Dad. Sie muß die Schule wechseln, aber nicht mal das hält sie davon ab. Die ganzen letzten Wochen hat Mum Dad die Hölle heiß gemacht, daß er auch ja ihre

Hausaufgaben richtig kontrolliert und sie nicht unter der Woche abends mit ihren Freundinnen ausgehen läßt. Und seine ganze Wohnung ist neu hergerichtet. Mum war x-mal dort. Sie hat neue Vorhänge aufgehängt, »weil es dann wärmer ist, Callie erkältet sich doch so leicht«, sie hat überall Bilder, Fotos und Pflanzen verteilt, »weil Callie sie so gern hat«, und sie hat Dad sogar ins Einkaufszentrum mitgeschleppt.

»Weil Callie sich so brennend für Badematten und Tischlampen interessiert«, war Dads sarkastischer Kommentar.

Aber man hat gemerkt, daß es ihm eigentlich ganz recht war. Ich glaube, irgendwie war er froh, daß Mum ihm geholfen hat, seine Wohnung mehr wie ein Zuhause herzurichten.

»Okay«, hat Mum gestern abend gesagt, als sie Callies neue Bettwäsche auf ihr Bett gelegt hat. »Das wär's dann. Ich glaub, du bist jetzt ganz gut ausgestattet.«

Dad ging mit ihr in sein gemütliches neues Wohnzimmer.

»Nach der vielen Arbeit könntest du ein bißchen Urlaub gebrauchen.«

»Schön wär's«, versetzte Mum. »Robbo könnte natürlich zu dir, aber das Problem ist Dumpa.«

Ich sah Callie an. Callie sah mich an. Sie wußte, daß sie mir was schuldig war. Sie weiß genausogut wie Dad, daß Mum es in den letzten Wochen nicht leicht gehabt hat. Sie mußte in der Schule Bescheid sagen, sie mußte es ihren Freunden erklären, sie mußte mich trösten...

»Wir könnten Dumpa doch hierherholen«, sagte Callie.

Sofort war ich zur Stelle.

»Ja, warum nicht? Er fände es toll hier. Und ein Ball ist auch da.«

Ich weiß, daß Dad nicht gut hätte Schwierigkeiten machen können. Nicht nachdem Mum sich soviel Mühe gemacht hatte. Aber sogar ich fand, daß er viel mehr Enthusiasmus zeigte als nötig. Seine Augen leuchteten auf. »Ja! Du und Roy, ihr könntet doch mal wegfahren! Ein Tapetenwechsel würde euch bestimmt guttun.«

Soviel zu Callies Traum von der gekitteten Liebe! Aber es schien ihr nichts auszumachen. Sie sah, wie Dad Mums Hand tätschelte und zu ihr sagte: »Ja, Dumpa läßt du hier bei uns. Kein Problem.«

Aber Callie grinste nur.

»Genau«, sagte sie, »Dumpa ist kein Problem. Überhaupt keins.«

Seht ihr? Unser Trainer hat recht. Neue Saison, neue Mannschaft. Ganz neues Spiel.

Ebenso überrascht von sich selbst wie von der Geschichte, die er erzählt hatte, hob Robbo die Hände und machte das Victory-Zeichen.

»Ich hab's geschafft! Pixie hat gesagt, ich soll mit ›Meine Mum und mein Dad...‹ anfangen, und schon kam alles raus. Meine Geschichte!«

Ralph ließ den Moment des Triumphes taktvoll verstreichen und erklärte dann: »Eigentlich war's ja die Geschichte von deiner Schwester.«

»Das ist doch dasselbe.«

»Nein, ist es nicht.« Ralph nahm das Album von Pixies

Bett. »Deine Schwester hat mehr mit Richard Harwick gemeinsam als du. Beide hassen ihren Stiefvater, und beide müssen fort. Aber du bist anders.«

»Wie die kleine Charlotte, was?«

Ralph grinste.

»Nein. Ich meine nur, Callies Geschichte ist nicht deine. Jeder hat seine eigene Geschichte.«

Der Regen platschte von neuem gegen die Scheiben, während Robbo über Ralphs Worte nachdachte. Dann fragte er Ralph: »Meinst du, Callie hätte bleiben sollen?«

»Nein.« Ralph war sichtlich überrascht. »Wieso denn?«

Robbo zuckte die Schultern.

»Na ja, wenn sie so ist wie Richard Harwick... Wenn sie einfach davonläuft...«

»Das darfst du nicht sagen!« gab Ralph scharf zurück. »Deine Schwester läuft nicht davon. Sie probiert einfach was Neues, damit die Sache klappt. Sie tut nur, was jeder tun muß, immer wieder. Ich hab's auch getan. Und Pixie auch. Und Claudia auch. Du hast ihre Geschichten ja gehört.« Sein Arm beschrieb einen Kreis. »Und sogar Colin. Wenn er wegläuft, dann deshalb, weil er etwas sucht, was früher einmal geklappt hat. Er verschwindet nicht einfach.«

Er bemerkte den unbehaglichen Ausdruck, der über Colins Gesicht glitt.

»Stimmt's?« fragte er.

Colin gab keine Antwort.

»Stimmt's?« wiederholte Ralph.

»Ralph«, sagte Claudia leise. »Laß ihn.«

Ralph tat die Warnung mit einer Handbewegung ab.

»Habt ihr sein Gesicht gesehen? Er läuft wohl doch nicht nur weg, um seinen Stiefvater zu suchen. Er will verschwinden.«

»Wie soll er denn sonst weglaufen?« fragte Robbo.

Ralph wurde ärgerlich.

»Überleg doch mal! Es gibt bestimmt jede Menge Möglichkeiten, in Kontakt zu bleiben, ohne daß man aufgespürt und zurückgebracht wird. Und Colin hat garantiert an alle gedacht. Er hat ja genug Zeit gehabt.«

»Vielleicht ist das der Punkt«, verteidigte Pixie Colin. »Vielleicht hat er zuviel Zeit gehabt. Vielleicht denkt er, jetzt kann mal jemand anderer zu Hause sitzen und jemanden furchtbar vermissen und sich fragen, wo er ist und was er macht.«

Ralph breitete die Hände aus.

»Ich versteh ja, wie er sich fühlt. Aber das kann er nicht machen.«

»Wieso nicht?« fragte Colin mißmutig.

»Weil es so ist, wie Richard Harwick sagt: Man würde nur ein Unrecht auf das andere häufen, so lange, bis unter der Last alles zusammenbricht.«

»Sie soll ruhig wissen, wie das ist«, versetzte Colin trotzig.

Ralphs Stimme klang jetzt sehr viel sanfter.

»Das Unglück ist kein Stab in einem Staffellauf. Du wirst es nicht los, indem du's einfach weitergibst.«

»Ach, was weißt du schon davon?«

»Ich weiß, was jeder weiß«, beharrte Ralph. »Mit dem Unglück ist es wie mit den riesigen Schneekugeln, die man im Winter im Park sieht. Je länger man sie wälzt, desto größer werden sie. Und der kleine Schneeball, mit dem das Ganze angefangen hat, bleibt in der Mitte, kalt und hart, und man kommt nicht mehr an ihn ran. Der hält sich am längsten.«

Er hielt das Album hoch.

»Deswegen bin ich froh, daß Richard Harwick heute nacht nicht hier ist. Ich bin froh, daß wir seine Geschichte nicht von ihm selbst gehört haben. Dem hätte ich bestimmt einiges gesagt. Daß er sich nicht genug bemüht hat und daß er zu schnell aufgegeben hat. Daß er einfach die Flinte ins Korn geworfen und aus seinem Haus und Heim eine Ruine gemacht hat.«

Doch Colin war nicht überzeugt.

»Und was ist daran so falsch?«

Ralph ließt die Seiten durch die Finger gleiten.

»Was daran falsch ist? Ich kann dir sagen, was daran falsch ist. Er hat's nicht besser gemacht als die anderen!«

Er warf das Album auf das Bett zurück.

»Irgendeiner muß doch was tun«, sagte er. »Und wir wissen alle, daß der, der den Schlamassel anrichtet, längst nicht so gut darin ist, den Schaden wiedergutzumachen.«

Ein langes Schweigen trat ein. Pixie nahm das Album und blätterte die Seiten eine nach der anderen um. Colin sah trotzig aus dem Fenster auf das breite graue Wolkenband, das langsam heller wurde und sich rosa verfärbte. Robbo betrachtete eingehend seine Finger, und Claudia sah Ralph an. Draußen verflüchtigte sich die Dunkelheit nach und nach, und die ausgeblichenen Streifen an der gegenüberliegenden Wand waren plötzlich silbern gesprenkelt.

Claudia ergriff das Wort.

»Wir müssen's allmählich zurückbringen.«

Pixie reichte ihr wortlos das vergilbte Buch. Robbo schob die Tapetentür auf, und Ralph folgte Claudia in das kleine Turmzimmer. Im Vorbeigehen stieß er ganz leicht den Globus an. Das leise Surren erfüllte den Raum, während Claudia das Album auf den zierlichen Schreibtisch zurücklegte, sich dann besann, die Schublade aufzog und es sicher verwahrte, ganz hinten, wo es nicht mehr zu sehen war. Als sie die Hand zurückzog, hielt sie ein kleines Holzstück zwischen den Fingern.

»Was ist das?«

»Das Bein von Charlottes Holzkuh.«

»Ach ja, genau.«

Ralph wandte sich ab und öffnete den Fensterriegel, der sich so leicht bewegen ließ, als wäre er erst gestern und nicht vor hundert Jahren das letzte Mal betätigt worden. Tief unten wand sich die Auffahrt den Hang hinauf und verschwand im Dunkel der Büsche. Die Rasenflächen waren in silbrigen Dunst gehüllt. Irgendwo schrie eine Eule.

»Er hätte es wirklich noch mal probieren können«, fing Ralph wieder an.

Claudia trat zu ihm ans Fenster.

»Vielleicht dachte er, er ist der einzige, dem es so geht.«

Ralphs Stimme war voll Hohn.

»Wieso hätte er das denken sollen? In den alten Geschichten wimmelt es doch von Stiefmüttern und Stiefvätern!«

Claudia nahm die Holzkuh in die Hand und strich ihr über die Nase.

»Alle denken, sie sind die einzigen. Das müßtest du doch wissen.«

Sie hielt das abgebrochene Bein an die Kuh.

»Die hätte er auch reparieren können«, sagte Ralph ärgerlich.

Claudia atmete ein letztes Mal die kühle, feuchte Luft ein.

*»Das Tageslicht kriecht über den Fenstersims«*, wiederholte sie die Worte des Albums. »Komm, tun wir, was Richard Harwick sagt. Überlassen wir's den Spinnen in ihren Netzen, sich darüber zu streiten, ob er das Richtige oder das Falsche getan hat.«

Ralph zeigte auf die Kuh.

»Laß sie lieber da.«

Doch Claudia umfaßte sie fester.

»Ich hab gerade gedacht«, sagte sie und öffnete die andere Hand, um ihm das abgebrochene Bein zu zeigen, »daß es Richard Harwick vielleicht ganz recht wäre, wenn wir das jemandem geben, der ein bißchen Übung im Reparieren nötig hat.«

Ralph schloß das Fenster und verriegelte es.

»Du meinst Colin.«

Sie nickte.

»Hier. Gib's ihm.«

Diesmal ging Ralph voran, als sie das Zimmer verließen. Vorsichtig zog Claudia die Tür hinter sich zu. Der helle Lichtschein der Dämmerung war an der Wand weitergewandert und hatte die verräterische Windpocke wieder in Schatten getaucht, unsichtbar und unberührbar. Pixie war nach oben verschwunden. Colin schlief bereits. Und

Robbo schaute schweigend zu, wie Ralph die kostbare kleine Holzkuh und ihr Bein tief in Colins Tasche versenkte.

Dann grinste er.

»Nicht gerade ein blauer Vogel, was?« sagte er zu Ralph. »Aber vielleicht hilft's trotzdem.«

Und während Claudia leise aus dem Zimmer ging, zog er sich, ohne eine Antwort abzuwarten, die Decke über den Kopf.